ベリーズ文庫

うぶ婚

～一途な副社長からの溺愛がとまりません～

田崎くるみ

JN167574

STARTS
スターツ出版株式会社

目次

うぶ婚
～一途な副社長からの溺愛がとまりません～

『正しい秘書のススメ』

ワックスで磨かれた廊下を、歩きやすい五センチヒールのパンプスで、コツコツと規則正しい音を響かせながら進んでいく。

「二週間後の会食の予約と、そろそろお中元の手配もしないと」

分厚い手帳でスケジュールを確認しながら、オフィスへと急ぐ私、井上《いのうえ》日葵《ひまり》、二十八歳。

身長百六十センチの痩《や》せ型。華やかでありつつも清潔感がある印象を持たれるメイクを施し、背中まである黒髪はしっかりひとつにまとめ、毎日の業務に当たっている。

奨学金を利用して高校、大学を首席で卒業し、家庭用電化製品の開発・製作・販売を行っている『Bright《ブライト》』に入社。大阪と北海道に支社があり、製造工場を含め、総従業員数約五千人。近年急成長を遂げている家電メーカーだ。

私の勤め先は、都内のオフィス街にある十階建てのビルの本社。二十名所属している秘書課に配属され、三名いる社長の第一秘書として半年前から働いている。

社長の桜《さくら》　泰三《たいぞう》は、五十八歳。ダンディで社交的。年齢より若く見え、厳しく、時に優しく部下に接しており、隠れファンが多い。

入社式の際、『皆さん、ひとりひとりの力があってこその我が社です。どうぞ存分に実力を発揮してください。社長として皆さんが楽しい、やりがいがあると思えるような職場環境を提供していきます』と話してくれた社長に感銘を受け、ずっと尊敬してきた。

だから社長の第一秘書への異動が出た際は、飛び上がるほど嬉しかった。

尊敬している社長のために、精一杯、職務を全うしよう。その思いは半年経っても変わらない。……知られざる、社長の意外な一面を知った今も。

書類を手にドアを数回ノックし、「社長、井上です」と名乗ると、向こう側から「入ってくれ」と聞こえてきた。

「失礼します」

社長室へ入り、ドアを閉めると、予想通りの光景が目に飛び込んできた。

ガラス張りの大きな窓からは、午後の暖かな太陽の日差しが床に落ちている。

手前には、来客用の黒の高級レザーが使われたソファが、テーブルを挟《はさ》んでふた組置かれており、奥の中央に社長席がある。

座り心地抜群のロッキング機能付きのチェアーに腰掛け、神妙な面持ちで机の上で祈りを捧げるように手を組んでいる社長。

その姿に、『またか……』と深いため息が漏《も》れた。

「社長、ご用件は？」

ツカツカと近づいて声をかけると、思っていた通りの答えが返ってきた。

「井上くん、廉二郎《れんじろう》のことなんだが……」

社長が言う廉二郎とは、彼のご子息で我が社の副社長の座に就《つ》かれているお方だ。

今年三十歳になる彼は、学生時代ずっとバスケットボールをしていたらしく、身長百八十五センチの長身にほどよい筋肉がついていて、非常に男らしい体格。

爽《さわ》やかな印象のソフトツーブロックヘアは、仕事中は顔が見えるよう、しっかりとワックスでセットされている。

綺麗《きれい》な黒髪から覗《のぞ》く切れ長の瞳に、スッと伸びた高い鼻。整った顔立ちで、仕事もデキる完璧な彼は、女性社員からの人気が高く、実際モテるのだろう。恋人がいるという噂も何度か聞いたことがある。

しかし、いつも冷静で感情を一切表に出さず、怒っているように見えることもしばしば。だから、憧れている女性は多いものの、近寄りがたい存在だ。

彼についている秘書も、『気難しい人でいつもビクビクしちゃう』とか、『ふたりっきりになると生きた心地がしない』とか、『ミスしたら……って想像すると怖くて、いつも気が抜けない』などと、よくグチを漏らしている。

社長の奥様は副社長を出産後、若くして病に倒れて他界。

社長は副社長が幼い頃から男手ひとつで彼を育ててこられたせいか、とにかく息子が可愛くて仕方がないようだ。

もちろん社長のそんな一面は、社長秘書しか知らないトップシークレット。

だからこそ社長は秘書である私に、何かあるたびにこうして副社長の話をしてくる。

今回もまた『最近、一緒に食事をしてくれない』とか『何かプレゼントしようと思うのだが……』とか、これまで散々聞かされてきた話だろう。

「はい、副社長が今度はどうされましたか？」

尋ねると、今度は社長が深いため息を漏らす。

「廉二郎の結婚相手が、なかなか見つからなくて困っている」

「結婚相手……ですか」

「あぁ、そうなんだ」

これには少々驚きを隠せない。まさか副社長のご結婚を、考えておられるとは思わなかったから。

目を瞬《またた》かせる私に、社長は独自の理論を展開する。

「カッコよくて仕事もデキて、私に似てモテる。将来は会社を背負《しょ》って立つ男となれば、並大抵の女性ではダメだ。献身的に廉二郎を支えてくれて、なおかつ自立した女性であってほしい。何より廉二郎が気に入る相手でないと」

「そうですね、私もそのようなお相手がよろしいかと」

口ではそう言いながら、心の中では違うことを言っている。『そんな完璧な女性、なかなかいないですよ』と。もちろん決して口には出さないけれど。

「そうだろう、そうだろう！　井上くんならわかってくれると思ったよ！」

パッと表情を変え、嬉しそうに頷《うなず》く社長。

これまでの経験上、このままでは副社長への愛を延々と語られてしまいそうだ。手にしていた書類を、素早く机に置く。

「社長。副社長をご心配されるお気持ちは充分わかりますが、今はこの書類にお目通しいただき、サインをいただいてもよろしいでしょうか？　開発部から早く承諾書が欲しいと連絡がありましたので」

淡々と要件を述べていくと、社長は実に情けない声を出す。

「わかってくれていないじゃないか！　井上くんはなんて冷たいんだ……！　私は父

親として心配でたまらないんだぞ？　廉二郎も、もう三十歳になる。私としては、そろそろ真剣に結婚を意識した相手を選んでほしいんだ。私だっていつまでも元気ではいられないのだから。早く後継ぎを見せてもらい、安心させてほしいのに」

嘆《なげ》く社長に、私は再び深いため息を漏らす。

こういうことは日常茶飯事《さはんじ》だった。社長は副社長のこととなると、全く仕事が手につかなくなる。解決策はひとつだけ。

「わかりました社長。私のほうで副社長のお相手にふさわしい素敵な女性を探してみます」

ため息交じりに言うと、社長は「本当か？」と目を輝かせた。

「関連会社や提携先を中心に副社長に見合った女性がいないか、早急にお探しいたしますので、サインをお願いいたします」

「もちろん！　あぁ、私は井上くんのような優秀な秘書を持って幸せだよ」

さっきは『なんて冷たいんだ』と言っていたくせに、本当に現金なお方だ。

そう心の中で悪態をつきながらも、社長が上機嫌でサインをした承諾書を手に、早々と社長室をあとにした。

「トマトとキャベツ。それと豚肉も確か特売だったよね」

ブツブツと呟《つぶや》きながらカートを押し、次々と食材を手にしてかごの中に入れていく。

仕事帰りに立ち寄ったのは、近所の激安スーパー。買い物をしながら今晩の献立《こんだて》を考える。

私は五人兄弟の長女として生まれた。二番目はひとつ年下の弟。その後は十歳離れた十八歳の弟、十五歳の弟、そして十一歳になる妹がいる。

小学高学年頃から家事の手伝いや弟、妹たちの面倒に追われ、高校生になると家計の助けになればとバイトを始め、普通の学生が過ごすような青春時代を送ることなく生きてきた。

家族のことは大好きだし、家のことをしたり、兄弟たちの面倒を見たりすることを苦に思ったことはない。けれど友達と遊んだり、恋愛をすることなく生きてきたことを少しばかり後悔している。

買い物袋を両手に持って帰宅すると、妹の早苗《さなえ》が出迎えてくれた。

「日葵お姉ちゃん、おかえりー！　お仕事お疲れさま！　ご飯を炊《た》いてサラダを用意しておいたよ」

歳の離れた妹の屈託のない笑顔に、仕事の疲れが一気に吹き飛ぶ。

「ありがとう早苗。お腹空《す》いたでしょ？　待ってて、すぐにご飯の用意をするから」

都内の外れにある、築四十五年になる二階建ての一軒家が私の住む家。

ひとつ下で二十七歳になる弟の隼人《はやと》は、就職を機に実家から離れた、勤め先の独身寮でひとり暮らし中。

早苗と、今はそれぞれバイトと塾でいない弟のふたり、そして両親とともに暮らしている。

両親は共働きで帰りが遅い。

私は昔から母親に代わり、家のことをやってきた。特に、一番歳の離れた早苗のことは、初めての妹で赤ちゃんの頃からずっと面倒を見てきたからか、可愛くて仕方ない。

こんな風に笑顔で出迎えられたら、どんなに疲れていても元気になって、もっと仕事を頑張ろうって思えるんだ。

「容姿は申し分ないけど、家庭的かどうかは不明。……こっちは家事見習い中だけど、副社長の仕事に関して理解してくれるかどうか……」

深夜、家族が寝静まったリビングでノートパソコンを開き、副社長の花嫁候補を吟《ぎん》味《み》していた。面倒な仕事はさっさと終わらせたい。それに副社長が結婚してくれたら、社長が副社長の心配をしなくてよくなり、私たち秘書の気苦労が減るかもしれないし。

ネットワークを屈指してリストアップしていると、リビングのドアが静かに開いた。

「やだ日葵、まだ寝ていなかったの？」

私が起きていたことに、お母さんはびっくりしている。

「明日も仕事なのに、寝なくて大丈夫なの？」

「大丈夫、そろそろ寝ようと思っていたし」

明日の仕事に支障をきたすわけにはいかない。必要最低限の睡眠時間は、確保しないと。

けれど、『大丈夫』と伝えたのに、お母さんの表情は晴れない。

「本当に大丈夫？　無理していない？　……ごめんなさいね、日葵にはいろいろと迷惑かけちゃって」

「もう何を言ってるの？　私は迷惑だなんて思ったこと、一度もないから」

本心だというのに、お母さんは申し訳なさそうに眉尻を下げた。

「日葵には昔からずっと感謝してる。でも、私もお父さんも心配なの。……そろそろ日葵も幸せにならないと。誰かいい人、いないの？」

さりげなく恋人の有無を聞かれ、身体はギクリと反応する。

二十五歳を過ぎた頃から、両親には同じようなことを何度か聞かれてきた。年頃になっても社会人になっても、恋人の気配を感じなかったから、心配しているのだろう。

お父さんもお母さんも私が家のことばかりで、恋愛する余裕もないんじゃないかと負い目を感じているようだけれど、実際は違う。

家のことをしていたって、恋愛はできた。それなのに、この歳になっても恋人の存在はおろか、誰かを好きになる感情がどういったものかさえわからないような、恋愛初心者。

歳を重ねていけば、いつか私も誰かを好きになると思っていた。でも高校時代も大学時代も、そして社会人になってからも、『いいな』って思えるような人には出会えていない。

早苗には、もうすでに彼氏がいるというのに……。

早苗から恋バナをされた時は衝撃だった。そして思い知った。これまで私が恋愛できなかったのは、家庭のせいなんかじゃない、私自身の問題なんだって。

「そんな相手はいないし、今は仕事が楽しいから」

テーブルに散らばっていた書類をまとめながら、ごまかす。仕事が楽しいのは本当だし、もちろん相手はいないから嘘《うそ》をついているわけではない。

自分に虚《むな》しさを覚えながら、パソコンをシャットダウンさせると、お母さんは私を気遣うように言った。

「そっか。もしこの先、素敵な人と出会えたら、家族より恋人を優先してあげてね」

お母さんの声に、手の動きが止まる。

最後に「あまり無理しないようにね、おやすみ」と言うと、お母さんは静かにリビングを出ていった。

お母さんの背中を見送りながら、複雑な気持ちになる。

つい最近まで学生だった気がするけれど、もう二十八歳。四捨五入したら三十歳だ。副社長じゃないけれど、私も結婚適齢期。いつかは私も皆と同じように恋愛するのだろうと思っていたのに、あっという間に二十八歳になってしまった。

この歳で恋愛経験ゼロはさすがにマズいのでは……？と思い始めている。

両親のためにも早く結婚して安心させたい気持ちはあるけれど、相手がいないし、何より恋愛感情がわからないのだから無理な話。

「副社長の花嫁候補を探している場合じゃないよね」

男性と女性では結婚適齢期は違う。男の三十歳なんてまだまだでしょ。ヤバい状況なのは私のほう。これから誰かを好きになって愛を育んで……となれば、そろそろ相手を見つけないと。

頭ではそうわかっていても、現実はなかなか思い通りにはいかない。手っ取り早くお見合い結婚もアリなのかも……なんて思いながら、寝室に向かい眠りについた。

「うーん……十名ピックアップしたし、ひとりくらいは社長の目にとまる人がいるわよね」

数日後。秘書課のオフィスでデスクワークをしながら、独り言を呟いてしまう。

通常業務の合間に進めていた、副社長の花嫁候補探し。私の独断で社長の理想に近そうな相手を見繕《みつくろ》ったものの……。あの、息子大好きな社長が気に入る相手がいるといいんだけど。

花嫁候補の資料を封筒にしまっていると、コーヒーの芳《かんば》しい香りが鼻を掠《かす》めた。

「日葵先輩、お疲れさまです」

コーヒーが入った、お気に入りのストライプ柄のマグカップを机に置いてくれたのは、昨年入社したばかりの後輩、堀内知世《ほりうちともよ》だ。

二十三歳になる彼女は、アイドルのような可愛らしい見た目にそぐわず、性格は男前で負けず嫌い。

また専務の娘であることから、周囲に『コネ入社』と言われるのが嫌で仕事に奮闘している。やる気と気合い充分で、仕事を覚えるのは早いけれど、周囲の空気を読めないのが玉に瑕《きず》。

そんな副社長の第三秘書を務めている彼女に、私はなぜか懐かれていた。

お盆を胸の前で抱え、ニコニコしながら私を見つめる堀内さん。

「あ、いつもどうもありがとう」

「当然です！　大好きな日葵先輩が飲むコーヒーを淹《い》れることができて、私は幸せですから‼」

力説する彼女に苦笑いしながらも飲む。

うん、今日もやっぱり堀内さんが淹れてくれたコーヒーは美味《おい》しい。

「堀内さん、本当にコーヒーを淹れるの上手ね」

「ありがとうございます！　日葵先輩に美味しいコーヒーを飲んでほしくて、頑張りました！」

褒《ほ》められた犬が嬉しそうに尻尾を振るかの如《ごと》く大喜びする堀内さんに、慣れたとはいえ、いまだに反応に困る。

何より、周囲の視線が痛い。……なぜなら、彼女がこうしてコーヒーを淹れてくれるのは、私だけなのだから。

もともとの性格なのか、大手電化製品メーカーの専務を務める父親の娘として何かと注目されてきたからなのか、周囲の目を気にすることなく、思うがままに行動している。

それはある意味うらやましくもあるけれど、縦社会の中ではうまく生きることができないと思う。

現に彼女は秘書課内で浮いた存在で、私以外の同僚たちとうまくコミュニケーションを取れていない。

先輩として、入社当時から何かと堀内さんのことを気にかけてきたわけだけど……そのおかげで、彼女から絶大的な支持を得てしまった。

上司もお手上げで教育係を任された身としては、やはりここは強く言わないとだよね。悪気がないとわかっているからこそ言いにくいけれど、心を鬼にして彼女と向き合った。

「こんなに美味しいコーヒーだもの。私はほかの人にもぜひ飲んでほしい」

「え……ほかの人にもですか？」

「ええ」

彼女の様子を窺《うかが》いながら頷くと、堀内さんは考え込んだ。

「そうですか……。そうしたら日葵先輩は嬉しいですか？」

「えっ、それはもちろんだけど……」

嬉しいというか、そうすることでほかの同僚と少しでも堀内さんが打ち解けることができたらホッとする。

その思いで言うと、彼女は決心したように大きく頷いた。

「わかりました！　本音を言えば、日葵先輩以外の先輩に尽くしたくありませんが、日葵先輩が喜ぶなら……！」

「あ……堀内さん？」

声が、声が……。

オフィス中に響くボリュームのおかげで仕事をしていた同僚たちの身体は、ピクリと反応した。

けれど、それに気づかない堀内さんは「ではいってきます！」と言うと、意気揚々《ようよう》と奥にある給湯室へと消えていった。

だ、大丈夫だろうか。堀内さんが淹れたコーヒーを、皆飲んでくれるだろうか。

チラッと周囲を見回すと目が合う。

すると、皆呆《あき》れ顔を見せた。

「大丈夫ですよ、井上さん。そこまで私たち、子供じゃないですから」

「そうですよ。喜んで飲んでやりますよ」

大人な同僚たちに「ありがとうございます」とお礼を言い、花嫁候補の封筒を持ち、席を立ってオフィスをあとにした。


秘書課は最上階の十階にある。社長室とは目と鼻の先。

社長室の前で一度立ち止まり、手にしていた封筒を見つめる。

この中に、社長が気に入る相手がいればいいけれど……。そうでなければ、また一から探さなくてはいけない。

それを想像すると気が重くなる。ひとりでもお目にかかる相手がいることを願って、社長室のドアをノックした。

「社長、いかがでしょうか？」

花嫁候補の資料が入った封筒を渡すと、社長はわくわくしながら見始めたものの、表情は徐々に変化していき、やがて渋い顔になった。

恐る恐る問いかけると、社長は書類と私を交互に見ながら言った。

「こちらのお嬢さんは美人だが、家庭的な部分に欠ける。こちらは才色兼備だが、子供好きではないと聞いたことがある」

その後も、次々と花嫁候補にダメ出ししていく社長。書類を封筒にしまい、深く息を吐いた。

「ダメだ、誰も廉二郎には釣り合わない」

予想はしていたが、実際にきっぱり断言されると、ガッカリしてしまう。

そういえば私、副社長のお相手にどんな人を希望されているのか、社長にははっきりと聞いていなかった。

副社長が気に入りそうな人を中心に、社長も満足する相手を選んだつもりだったけれど、甘かったようだ。

けれど、すぐに『わかりました』とは引き下がれない。せっかく通常業務の合間を縫《ぬ》って見つけた相手なのだから。

「社長、副社長と女性を一度お顔合わせさせてみてはいかがでしょうか？　やはり恋愛で大切なのは、本人たちの気持ちだと思います」

笑顔でさりげなく助言するものの、社長は自分の意思を曲げない。「この中に廉二郎に会わせたい女性はいない」と。

そんな社長に、思わず強い口調で聞いてしまった。

「でしたら社長は、どんな女性をお望みなのですか？　具体的にお聞かせ願います」

候補の十人は、独身男性の九割は結婚したいと思える相手だ。はっきり言って、これ以上の相手などいないと思うのだけど。

すると、社長は恍惚《こうこつ》とした表情でぺらぺらと語りだした。

「それはもちろん、知的で美人で家事もできる女性でないと。それと可愛い孫をしっかり育て上げられるスキルも身につけていてほしい。例えば、兄弟の面倒を見てきたといった経験があるといい。あとは廉二郎がどんな仕事をしているのか理解していてほしいし、何より一番大切なのは廉二郎を一途に愛し、一生尽くしてくれる相手だ」

社長の話を聞いて、『そのような女性など、この世にいないと思うのですが？』と喉元《のど》まで出かかった言葉をグッと呑《の》み込む。

「残念ながら社長、そのようなお相手は……」

言葉を濁すと、社長は顔をしかめた。

「わかっている。そんな女性など、なかなかいないと。だからこそ、廉二郎にふさわしい相手がいないと嘆いていたんだ。……でも、きっといるはずだ！　廉二郎にとって、ただひとりの運命の人が！」

急に立ち上がり、拳《こぶし》をギュッと握りしめる社長。

仕事中、社長として厳格な態度を見せている社員の前とは、全く違うギャップに、見慣れているはずなのに頭が痛くなる。

これは副社長にいいお相手が見つかるまで、しばらく続きそうだ。

けれどすぐに我に返り、このあとの予定を思い出す。

「ではそのお相手を探す意味で、取引先へ向かいましょう。そろそろ出ないと間に合わなくなります」

時計を見ながら、このあとの段取りを頭の中で整理していると、ふと感じる視線。

気づけば、なぜか社長が私をジッと見つめていた。

「私の顔に何かついておりますか？」

今度は一体なんだろうか。

げんなりしながらも、表には出さずに尋ねる。

すると、社長は急にパッと目を輝かせたと思ったら、素早くこちらに来て目の前でピタリと止まり、私の両肩をガッチリつかんだ。

「しゃ、社長……？」

急にどうしたの？

戸惑《とまど》う私に、社長は予想だにしないことを口走った。

「私はなんて無駄な時間を過ごしていたのだろうか、いたじゃないか！　廉二郎にぴったりの女性が‼」

「……はい？」

突然理解できないことを言いだしたものだから、相手が社長だということも忘れ、刺々《とげとげ》しい声が出てしまう。

けれど社長は、かまうことなく目をキラキラさせたまま言った。

「確か井上くんは五人兄弟で、幼い頃から今も兄弟たちの面倒を見ていて、家のこともやっているそうだね」

「そうですけど……」

答えると、すぐにまた質問が飛んでくる。

「子育てや家のことはばっちりできるよね？　何より知的で美人‼　それは私が一番よく理解している！　……こんなに廉二郎に見合う女性はほかにいない」

ひとり暴走している社長に、慌てて声をあげた。

「お待ちください社長。まさかとは思いますけど、副社長のお相手に私を……などと、お考えではございませんよね？」

ギョッとして恐る恐る尋ねると、社長はニッコリ笑顔で言った。「そのまさかだ！ぜひ私の娘になってくれないだろうか」と。


社長からとんでもない提案をされてから、早二週間。たまっている事務作業を秘書課でしていると、内線が鳴った。

パソコンキーを一定リズムで打っていた手を止め、電話を見ると、社長室からだ。またか……と小さなため息がこぼれる。

「社長、どうされましたか？」

素早く出ると、すぐに電話越しに、社長の弾《はず》む声が聞こえてきた。

『井上くん、ちょっと来てもらってもいいかね』

「わかりました、すぐに伺《うかが》います」

電話を切って立ち上がるものの、社長の要件は聞かずともわかっている。それでも呼ばれているのに無視などできない。

秘書課をあとにし、社長室のドアをノックすると、すぐに「どうぞ」の声が届いた。

「失礼します」

ワンテンポ置き、室内に足を踏み入れると案の定、上機嫌な社長が私を出迎えてくれた。

その姿を見ただけで、社長がこのあと私に何を言うのか大方予想できた。けれど、あえて普段通り問いかける。

「社長、ご用件はなんでしょうか？」

すると、社長は何か企《たくら》んでいる顔をしながら言った。

「井上くん、この書類を大至急、副社長に直接手渡してきてもらってもいいかな？」

「こちらですね」

にんまりしながら渡されたのは封筒。普段は絶対に中を見たりなどしない。けれど今回は仕事の物ではないと確信を得ているから、あえて中を拝見させてもらう。

「社長、失礼します」

見ようとすると、社長は急に慌てだした。

「あっ……！　中を見てはダメだ！　私と副社長のトップシークレットの内容が書かれているのだから！」

もうこの時点で完全にバレバレだけれど、一応「それを承知で確認させていただきます」と断りを入れて、止められる前に素早く見る。

するど、書類などではなくコピー用紙に【今日の夜こそ、一緒に食事をしないか？】と書かれていた。

内線すればいい内容に、私と副社長を接触させようという魂胆なのが見え見えだ。予想通りで頭が痛くなる。

実はこういったことは、これが初めてではない。社長は何かにつけて、私に副社長への用事を任せてくる。今のように、くだらない伝言メモを渡すよう頼んでくることもしばしば。

紙を封筒に戻し、オロオロする社長にきっぱり伝えた。

「社長、いい加減にしていただけませんか？　私も社長のお戯《たわむ》れにお付き合いできるほど、暇ではございません」

この二週間、ずっと我慢《がまん》してきた。でも、もう限界だ。度々こんなことで呼び出され、仕事を中断させられていたらいつまで経っても終わらない。

すると社長は反論に出た。

「私はただ、井上くんと廉二郎が早くいい雰囲気になればいいと思って、何かと顔を合わせる機会を作ろうとしたまでで……」

「いい雰囲気も何も、私と副社長は決してそういった関係にはなりませんと、この前もお伝えしましたよね？　お忘れですか？」

間髪《かんはつ》いれずに言うと、社長はタジタジ。

二週間前、とんでもない提案をされた際、しっかりと伝えた。私と副社長が……などあり得ないと。

副社長はいずれ、社長のあとを継いでこの会社を背負うお方。そんな副社長には、ちゃんと見合う方と一緒になってもらわないと。それがきっと会社のためでもあると思うから。

何より一社員でしかない私になど、副社長は見向きもしないはず。それなのに社長はずっと勝手に暴走していて正直、いい迷惑だ。

副社長を思う親心は理解できるし、私も両親に心配かけてばかりだから社長の気持ちを尊重し、これまでいろいろと協力してきた。

けれど、今回は今までとは違う。副社長の結婚は普通の結婚とは違うんだ。それをわかってほしくて、無礼と思いつつ強く言ったものの、社長はここぞとばかりに強い口調で言ってきた。

「井上くん、これは社長命令だ。今すぐこの書類を副社長に直接渡してくるように！

「でないと、私は仕事をしないよ」

子供みたいな強硬手段に出た社長に、ガックリ肩を落としてしまう。

ダメだ、社長のほうが一枚も二枚も上手《うわて》なようだ。

それに社長は頑固。ここで私が突《つ》っぱねて『行きません』と言ったなら、徹底抗戦に出るのは目に見えている。

そうすればますます仕事の進行に遅れが生じるだけ。だったら、もうさっさと届けてしまおう。

「わかりました。副社長にこちらをお渡ししてくればいいんですね」

降参すると、社長はコロッと手のひらを返し、上機嫌になる。

「あぁ、よろしく頼むよ！　あっ！　なんなら廉二郎とお茶してくるといい。仕事なら第二秘書にお願いするから」

能天気な社長に呆れながらも、私は副社長室へと急いだ。

社長室の隣にある副社長室。

確か、今日は副社長も外出予定はなかったわよね？

頭の中で副社長の予定を思い出しながらドアをノックすると、すぐに「どうぞ」の声が返ってきた。

「失礼します」

断りを入れて副社長室に足を踏み入れると、私に気づいた副社長は仕事をしていた手を止めた。

慣れていない私は、彼と目が合うとドキッとしてしまう。

それというのも、副社長はいつも硬い表情で笑ったところを誰も見たことがないほど、感情を表に出さない。

切れ長の瞳に見つめられると、大抵の社員は怖じ気づくのにも納得できる。

そういえば、何かと副社長と接することが多い堀内さんでさえ、彼と目が合っただけで生きた心地がしない……だなんて、オーバーなことを言っていた。

そんなことを思い出しながらも彼のほうへ歩み寄り、社長に頼まれていた書類を差し出した。

「社長から預かってまいりました」

受け取ると副社長はため息を漏らし、そのまま背もたれに寄りかかった。

「見なくてもわかる。どうせくだらない伝言か何かだろ？」

呆れたように話す彼に、私は心の中で『その通りです』と思うものの、口には出せない。

ここ最近、何かにつけて社長に頼まれているせいで、副社長とは頻繁に会っていた。そのたびに今回のような、副社長のお言葉をお借りして〝くだらない〟伝言も預かってきたので、見なくても封筒の中身がわかっているのだろう。

でも副社長が知っていようが知っていまいが、私には関係ない。私の役目は社長に頼まれた書類を副社長に届けるまで。しっかり届けた今、長居は無用だ。

「私はただ、社長から副社長に渡すようにと頼まれただけですので、封筒の中身はわかりかねます。申し訳ありません。……では失礼いたします」

丁寧に一礼し、踵《きびす》を返すと「待て」と呼び止められた。

まさか呼び止められるとは思わずびっくりしたものの、振り返って「なんでしょうか？」と尋ねると、副社長は立ち上がり、私の横を通り過ぎてドアのほうへ向かう。

「お茶でもどうだ？　どうせ社長から『ゆっくりしてくるといい』などと、言われてきたんだろ？」

まさに同じことを言われてきた手前、驚き目を見開いてしまう。

ドアノブに手をかけて振り返った副社長は、珍しく口元を緩《ゆる》めた。

初めて見る柔らかい表情に、目が釘付けになる。

「その時の様子が目に浮かぶよ。……お詫《わ》びに一杯ごちそうする」

そう言うと、副社長室を出ていく彼。

「あっ、副社長⁉」

すぐにあとを追いかけると、副社長は秘書課にいる自分の秘書に外出することを伝えているところだった。

「行くぞ」

行くぞって……何？　この展開は。

一方的に言う副社長に戸惑いながらも、私はついていくしかなかった。

副社長が向かった先は、会社近くにあるコーヒーチェーン店。

言っていた通り奢《おご》ってくれて、イートインスペースで向かい合って座りコーヒーを啜《すす》るものの、副社長とふたりでコーヒーを飲んでいることが信じられない。

秘書課に配属されてだいぶ経つけれど、彼のもとで働いたことはないし、挨拶《あいさつ》をするだけで特に会話を交わしたことはない。

ここ最近、社長に頼まれて会う機会は増えたけれど、必要最低限のことしか話さなかったし。それに見た目がいい彼は女性から注目を集めていて、気まずさも相まって非常に居心地が悪い。

そもそも、副社長はなぜ急に私を誘ってきたのだろうか。ただ単に、コーヒーが飲みたかったから？　いや、でもそれなら秘書に頼めばいいこと。堀内さんもいるし、美味しいコーヒーが飲めると思うのだけど。

コーヒーを飲みながらグルグル考えていると、先に口を開いたのは副社長だった。

「悪いな、父さんのせいでいろいろと」

「えっ？」

含みのある言い方に、すぐにピンときた。

やっぱり副社長は、社長がどういう意図であれこれ理由をつけて自分を寄越しているのか知っているようだ。

そう思うと、聞かずにはいられない。カップをテーブルに置き、彼の様子を窺いながら問うた。

「あの……副社長はご存知なのでしょうか？　……私がここ最近、頻繁に社長から頼まれ事をされている経緯を」

すると副社長はすぐに答えた。

「あぁ、もちろん。父さんから、毎日のようにキミの話を聞かされているしね」

即答した副社長に唖然《あぜん》となる。

知っていたの？

それを聞いたら、抗議せずにはいられない。

「でしたら、なぜ社長にやめるようおっしゃってくださらないのですか？　……正直、ご迷惑ですよね？　毎日のように私が伺っていて」

私とは比べ物にならないほど、副社長はいつも忙しい。私でさえ、社長のお願いは正直迷惑なのに、副社長ならなおさらのはず。

いくら社長に頼まれたからといっても申し訳ないので、毎回用事を済《す》ませてすぐに去るようにしていた。

しかし、予想に反して副社長は首を横に振る。

「迷惑になど思っていない。ただ、くだらない用事を押しつけられるキミには申し訳なく思うが」

迷惑には思っていない……？

思わず目を瞬かせる私に、副社長はさらに驚くべき話を続ける。

「あの父さんが太鼓判《たいこばん》を押すキミとなら、俺は結婚してもかまわないと思っている」

「……正気ですか？」

自分の人生がかかっている話だというのに、顔色ひとつ変えない副社長。

彼の口から飛び出た〝結婚〟の二文字に、相手が副社長ということも忘れてしまう。社長ひとりのお戯れだとばかり思っていた。それなのに何？　社長が推すなら、私と結婚してもかまわないだなんて……。

呆気《あっけ》に取られる私に、副社長は大きく頷いた。

「もちろん正気だ。……昔から結婚は父さんが気に入った相手とすると決めているから。俺の仕事について理解してくれていて、邪魔しない相手なら誰だっていい。結婚に大切なのは利害の一致だろ？」

「利害の一致って……」

副社長の結婚に対する価値観に、言葉を失う。

「その点、キミは条件にぴったりだと思うから。父さんの秘書を務められるほど気に入られているし、キミの仕事ぶりは秘書から聞いている。俺の仕事も理解してくれているだろ？」

淡々と感情の読めない表情で言われ、「それはまぁ……」と頷くことしかできない。

社長に一番近いところで仕事をしていれば、どれだけ大変な仕事か、誰よりも理解しているつもり。それは副社長の仕事も同じはず。

でも、それ以外は納得いかない。副社長は結婚をなんだと思っているのだろうか。

私は恋愛経験はないけれど、結婚するということがどういうことなのかくらい理解している。

お互いのいいところも悪いところも含めて好きだと思える相手と、長い人生をともに歩いていきたいと願ってこその結婚なのだと。

少なくとも両親はそうだ。お互いのことを尊重し合っていて、喧嘩《けんか》しているところを見たことがないくらい仲がいい。私にとって理想の夫婦のかたち。

そんな素敵な結婚を、副社長はなんだと思っているの？　何より一方的すぎる。私の気持ちはどうなの？　社長が推すからっていうけれど、あまりに身勝手な物言いだ。

副社長の言葉の意味を考えれば考えるほど、沸々と怒りが込み上げてきた。

けれど、ここで感情的に言っても何も伝わらない。一度自分を落ち着かせるようにコーヒーを飲み干したあと、まっすぐ彼を見据《みす》えた。

「失礼を承知で言わせてください」

前置きをし、結婚に対する自分の思いを吐露《とろ》していく。

「副社長は、結婚をなんだと思っておられるのですか？　ビジネスではないのですよ？　お互い好きになって、一生添い遂げたいと思える相手だからこそ、皆さん結婚なさるんです」

副社長は、結婚を仕事の範囲内だと思っているの？

私にはそう聞こえた。

すると、副社長はすかさず聞いてきた。

「つまりキミには、そう思える相手がすでにいるということか？」

残念ながらそう思える相手どころか、誰かを好きになったことさえない……だなんて、偉そうなことを言った手前、言えない。ここで弱腰にはなれず、つい見栄を張ってしまった。

「いいえ、相手はいませんが、そう思えるほど誰かを好きになった経験はございます」

「……そうか」

見栄を張ると、副社長は呟いて押し黙る。

これは副社長、私の言いたいことを理解してくれたと判断してもいいよね？

だったらこれ以上、副社長と一緒にいる義務はない。それにここは会社の近く。よく社員が立ち寄るところだもの、誰かに見られる可能性が高い。それで変な噂が流れたら、たまったものじゃない。

「ですので、どうか副社長も結婚は好きな相手となさってください」

副社長に負けず劣らず、業務連絡のように淡々と述べ、深く頭を下げて席を立つ。

「コーヒーごちそうさまでした。業務に戻らせていただきます」

再び丁寧に一礼し、唖然とする副社長を残してコーヒーショップをあとにした。

店を出て歩道を歩きながら頭をよぎるのは、副社長の結婚に対するおかしな価値観。

常に冷静沈着でいなくてはいけない職種だとわかっていても、怒りを抑えることができなかった。恋愛経験のない私でも、やはり結婚には憧れがあるから。

でも副社長は頭の回転が速いお方だ。手腕は社長以上だと噂で聞いたこともある。

そんな彼なら私が言ったことを理解し、社長にもやめるよう言ってくれるはず。


その願い通り、次の日から社長に副社長への妙な頼まれ事をされたり、彼の話をされることはピタリとなくなった。

副社長とも会うことなく、今まで通りの日常が過ぎていく。そんな毎日に安堵《あんど》し、仕事に打ち込む日々に戻った。

『正しいお見合いのススメ』

副社長とお茶をした日から二週間が過ぎ、私は今まで通りの日々を送っていた。

「社長、本日は十時から営業会議、そして十四時からは企画開発会議のご予定が入っております。社長が会議中、私は郵便局や航空券の発券へ行ってまいりますので、留守にいたします」

「わかった、今日もよろしく」

スケジュール帳を見ながら今日の予定を読み終えると、社長は私に一枚の封筒を渡した。

「井上くん、悪いけど、これを経理へお願いしてもいいかな？」

「かしこまりました」

「よろしく頼むよ」

丁寧に一礼し、封筒を手に社長室をあとにする。しかし経理課のオフィスがある八階へ向かう途中、ふと足を止めてしまった。

「やはり今日も真面目……よね」

そして誰もいない廊下でポツリと呟くのは、社長のこと。

副社長に言われたのか、社長が無駄な頼み事をしてこなくなったのはもちろん、副社長のことを口にしたり心配したりすることも一切なくなった。

まるで別人のように仕事に打ち込む姿に、私たち秘書は申し訳ないけれど目を疑っている。

いや、これが普通なのよ。いくら息子が可愛くて心配だからって仕事中、秘書にプライベートな話をするほうがおかしかったんだ。

そう自分に言い聞かせ、再び足を進めていく。

エレベーターホールで足を止めて到着を待っていると、ドアが開いたエレベーターからは副社長と同僚の秘書たちが降りてきて、慌てて頭を下げた。

「副社長、すぐに外出のご用意をお願いいたします」

「あぁ、わかっている」

秘書と話をしながら通り過ぎていく副社長。少しだけ顔を上げて見ても、彼はまっすぐ前を見据えたまま、あっという間に副社長室へと向かっていく。

最後尾を歩いていた堀内さんだけは、振り返って嬉しそうに私に手を振るものだから、『やめなさい』と目で合図を送った。

そのまま副社長たちが乗っていたエレベーターに乗り込む。すぐに八階に着き、経理課へと急ぐ。

私、本当に副社長に二週間前、『結婚してもかまわない』って言われたよね？

あの日のことが夢だったかのように、彼は今まで通りだ。この二週間で何度か社内ですれ違うことがあったけれど、一度も目が合うことはなく、ただ素通りされるだけ。

「失礼します。こちら、社長から預かってきた物です」

「ごくろうさまです」

経理課の社員に封筒を預け、再び秘書課へと戻っていく。

副社長と結婚だなんてあり得ない話だ。でも、時々あの日の副社長とのやり取りを思い出しては、彼のことばかり考えている。

たいして知りもしない私と、社長が推しているという理由だけで、よく結婚してもいいと思ったものだ。

副社長って恋愛経験はあると思うけど、本気で誰かのことを好きになったことは、ないんじゃないだろうか。だから結婚に対しても、あんなにドライなのかもしれない。

秘書課に戻り、社長宛てに届いた郵便物をチェックしながら、やっぱりまた副社長のことを考えてしまう。

私より二歳年上で、何より将来この会社を背負って立つ身として、結婚に対して焦《あせ》りがあったのかも。だから簡単に、結婚してもいいと言ったのかな……。

社長が秘書の私にもグチをこぼすくらいだもの。副社長は社長から毎日のように言われているのかもしれない。『早くいい相手と結婚してほしい』と。

私があんなことを言った手前、副社長はヤケを起こしたりしていないだろうか。もう誰でもいいなんて思っていない？

社長が最近、副社長の話をしてこなくなったのは喧嘩したからではないよね？　それとも適当に選んだ女性と結婚を決めちゃって、社長も安心してしまったとか……？

あらゆる可能性を考えては、手が止まる。

そもそもどうして私は、こんなにも副社長のことばかり考えているのだろうか。社長に言われることもなくなり、副社長だって今まで通りだ。別に私が気にすることはないし、一社員でしかない私にできることは何もない。それなのに……。

後味が悪いから？　一方的に言って逃げるように去ったから？　毎日社長から、副社長の話を聞かされてきて、情が移ったとか……？

理由を挙げたらキリがない。でもひとつだけ言えることは、私は今、ものすごくモヤモヤしているということ。

このままでは、仕事にも支障をきたしそうで怖い。自分がすっきりして、気持ちよく業務に当たりたい。

社員として、副社長には幸せな結婚をなさってほしい。その思いに至り、私はパソコンを起動させた。


数日後。

「社長、勝手ながら、副社長に見合う女性をもう一度リストアップさせていただきました」

コーヒーと一緒に社長に提出したのは、副社長のお嫁さん候補。

このモヤモヤを消すには、副社長に幸せな結婚をしてもらうしかない。

そう思って提案したものの、社長はコーヒーカップを手にしたままびっくりし、私とリストを交互に見てきた。

「申し訳ありません、差し出がましいとは重々承知しているのですが、副社長には幸せな結婚をしてほしいと願っておりますので……。しかしながら、もしかしてもうすでにお相手がおられるのでしょうか？」

社長の反応を見て、咄嗟にそう思ったのだけれど……。

社長はコーヒーを啜りながら言った。

「いや、廉二郎に相手などいないよ。……せっかくリストアップしてもらって悪いが、私はもう廉二郎の結婚については焦らせないことにしたんだ」

「えっ……」

あれほど副社長の心配していた人の言葉とは思えず、拍子《ひょうし》抜けしてしまう。

「心配ではないのですか？」

思わず尋ねると、社長はなぜかむせて、慌ててハンカチで口を覆った。

「あ、あぁ……こればかりはほら、本人の問題だしな。私が口出ししてどうにかなる問題でもないだろう」

『今まで散々口出ししていましたよね？』と言いたくなり、必死に言葉を呑み込んだけれど、すぐには納得できない。

「しかし社長、以前おっしゃっていましたよね？　早くお孫さんのお顔が見たいと。お世継ぎを作り、安心させてほしいと。そちらのご心配は大丈夫なのですか？」

仕事中でもおかまいなしに、あれほど散々言っていたのに。

すると、社長はわざとらしく咳《せき》払いをした。

「それもだな、よく考えれば私はまだまだ若い！　そう慌てずとも時期がくれば廉二郎も結婚し、可愛い孫を抱かせてくれるだろう」

「そう、ですか……」

腑《ふ》に落ちないけれど、社長がそう言うのなら副社長にも結婚を急《せ》かすことはなくなるだろうし、そうなれば彼も焦って結婚することもないはず。きっと本当に好きな人と結婚できるよね。

社長が急に手のひらを返したことには疑問が残るけれど、もしかしたら副社長が結婚することを、急に寂しく思ったのかもしれない。副社長が結婚しちゃったら、親子といえど、一緒に過ごす時間が減るわけだし。

あり得る理由に妙に納得してしまう。

「そうとは知らず、差し出がましいことをしてしまい、申し訳ありませんでした」

花嫁候補のリストをそっと引き取ると、社長は手を左右に振る。

「いやいや、廉二郎を思ってのことだろう？　忙しいのにありがとう」

「……いいえ」

申し訳ないけれど、決して副社長のためを思っての行動ではない。自分のためだったから。これでやっと副社長のことでモヤモヤすることなく、今まで通り仕事に打ち込めるはず。

「それでは失礼します」

一礼し、去ろうとする私を社長は呼び止めた。

「そうだ井上くん、来週の金曜日の夜は空《あ》いているかな？」

「特に予定はございませんが……」

そもそも、私に仕事以外の予定などあまりない。

「そうか、それはよかった。実は会食に同席してほしいんだ。ほら、井上くんにも話しただろ？　今度、うちと提携することになったサン電気の社長と会食することになってね。向こうも秘書同伴で来るから、ぜひ出席してくれると助かる」

「そういった理由でしたら、もちろん出席させていただきます。会食場所の手配などはいかがなさいましょうか？」

こちらでするのか、サン電気の秘書が手配してくれるのか、どちらだろうか。

尋ねると、なぜか社長はニッコリ微笑《ほほえ》んだ。

「それは大丈夫。向こうの秘書がすべて手配してくれるそうだから」

「そう、ですか……」

助かるけれど、すべて一任するのも申し訳なく思う。

「そういうわけで、金曜日はよろしく頼むよ」

「はい、わかりました。……では」

今度こそ社長室をあとにし、オフィスに戻ってすぐにスケジュール帳に書き込んだ。来週の金曜日の夜、『サン電気社長と会食』と。


そして迎えた金曜日の夜。

会食場所へ向かう車内で、社長はなぜか私の服装を見て不満げな顔をしている。

「あの、この服ではマズかったでしょうか？」

会食には、これまでに何度も出席したことがある。そのたびにスーツだったわけだけど、一度もダメ出しなどされたことはない。

「いや、マズくはないよ。会食の席にぴったりな服装だ。……うん、さすがは井上くんだ」

「はぁ……」

全然ぴったりだと思われていないような気がするのだけど。一体、今日はどんな場所で会食するのだろうか。

緊張しながら辿り着いた先は、なんてことのない都内でも有名な割烹《かっぽう》料理店。

「先方は、もうお見えになっておりますよ」

女将《おかみ》に案内され、ライトアップされている立派な日本庭園を見渡しながら、渡り廊下を歩いていく。

「どうぞこちらでございます」

丁寧に個室の襖《ふすま》を開けてくれた女将。

社長に続いて室内に入ると、そこにいたのはサン電気の社長と秘書ではなく、副社長ただひとりだった。

「え……副社長？」

どうしてここに副社長が？

驚きのあまり声をあげてしまう。

しかし、そんな私とは対照的に、副社長は落ち着いている。

思わず入口で立ち尽くしていると、社長は「待たせたな」と言いながら上機嫌。そして固まる私に、社長はしたり顔を見せた。

「今夜はふたりでゆっくりと食事を楽しむといい。ここは私が出しておくから」

「えっ……あっ、社長⁉」

状況が呑み込めていない私を残して、社長は颯爽《さっそう》と去っていく。

ちょっと待って、今日は会食じゃなかったの？　私はてっきり仕事だとばかり……。

それに、なぜ社長は今さら私と副社長をふたりで食事させようとするの？　結婚は焦らないって言っていたじゃない。副社長だってこの前、理解してくれたんじゃないの？

ゆっくりと視線を彼に向けると、副社長は申し訳なさそうに眉尻を下げた。

「とりあえず座ってくれないか？　立たれたままでは話ができない」

そう言われては、座らないわけにはいかない。

「……失礼します」

おずおずと副社長と向かい合うかたちで正座する。

「騙《だま》すかたちで来てもらい、申し訳ない。……どうしてももう一度、キミとゆっくり話がしたかったんだ」

えっ……もしかして今夜は社長が仕組んだことではなく、副社長が考えたことなの？　でもなぜ？

混乱する頭。

しかし、ちょうど料理が運ばれてきて、話は一時中断した。

「まずはいただこう。……話はそのあとに」

「あ、はい……」

言われるがまま運ばれてくる料理に箸《はし》を伸ばすものの、味がよくわからない。だって私が今、一緒に食事をしているのは副社長なのだから。

それに副社長……さっきからひと言も話していない。表情も仕事中と同じで、今、何を考えているのかわからないし……。

室内はシンとしていて、非常に気まずい。料理を運んでくる仲居さんが来るたびにホッとしてしまうほど。それでも、なんとか次々と出されるコース料理を口に運んでいった。

そして最後にデザートのあんみつが運ばれてくると、やっと副社長は口を開いた。

「新鮮だったんだ、面と向かって女性に意見されたことが」

突然口を開いたかと思えば意味深なことを言う彼に、あんみつを食べる手を止め、目の前に座る彼を見つめてしまう。

すると、副社長は苦笑いを浮かべた。

「女性には怖がられることが多い。秘書でさえどこかよそよそしいし、必要以上に言葉を交わすことはない」

それは……もちろん存じ上げております。

秘書課内でも、副社長を恐れている人が多い。現に堀内さんも散々怯《おび》えていると言っているし。

それに副社長は見かけるたびに怒っているんじゃないかと思うほど、眉間に皺《しわ》を寄せていることが多いから。

口を挟むことなく心の中で頷く。

「あの時のキミは、俺相手に臆《おく》することなく凛《りん》としていて、とてもカッコよかった。いや、女性に対して『カッコよかった』は失礼だな……」

顎《あご》に手を当ててブツブツと呟く彼の姿に、目を瞬かせてしまう。

副社長の言う『キミ』は間違いなく私のこと、だよね？

「普段の秘書としての女性らしいキミも素敵だと思うが、なんと言えばいいのだろうか。まっすぐ俺を見て意見するキミの姿に、グッときたんだ」

「えっ……」

意外なセリフに、目を見開いてしまう。

その間も、副社長は言葉を選びながら続けた。

「俺が女性に抱いていたイメージは、可愛い、か弱いだった。……でもキミは違う。キミのような女性に出会ったのは初めてなんだ」

眉尻を下げ、どこか苦しげに彼はまっすぐ私を見つめた。

「これまで、女性とはそれなりに付き合ってきた。……だが、自分からもっと知りたい、話をしてみたいと思った女性はいなかった。恥ずかしい話、誰かを本気で好きになったことがないんだ」

乾いた笑い声を漏らす副社長。

やっぱり副社長、本気の恋愛をしたことはなかったんだ。だからあんなに結婚に対して、軽い気持ちでいられたのかもしれない。

妙に納得していると、彼は訴えるように言ってきた。

「だが、今の俺は仕事中にもかかわらず、キミのことを考えてばかりで……。これがキミの言う、誰かを本気で好きになる気持ちじゃないだろうか？」

聞かれても返答に困る。だって、私は恋をしたことなんてないから。好きになるとどういう気持ちになるかなんてわからないもの。

何も言えずにいると、副社長は続けた。

「今は父さんに言われたからでも、すべての条件に当てはまるからでもない。もっとキミと一緒にいたい。……キミとだから、結婚したいと思っている」

「な、に言って……」

突然のプロポーズに声を失う。だって私と副社長は、同じ会社に勤めているといっても、この前初めてまともに会話を交わしただけの関係だ。

それなのに『結婚したいと思っている』だなんて……信じられる？　何かのドッキリではないだろうか。

けれど私を見つめる副社長の瞳は真剣そのもので、とてもじゃないけれど冗談を言っているようには見えない。

ドクン、ドクンと胸が早鐘を打ち始める中、彼は熱い眼差《まなざ》しを向けた。

「父さんにいろいろと聞いたよ、キミのことを。それでますます結婚したい気持ちが強くなった。……俺と結婚してほしいと」

まっすぐで熱い突然のプロポーズに胸がときめいてしまったものの、すぐに我に返り慌てて口を開いた。

「待ってください副社長。副社長はただ、これまで私のように意見する女性と接していなかったから、好きだと勘違《かんちが》いされているのではないでしょうか？」

話を聞いていると、副社長はまだ私への思いが好きってものなのか、わからないんだよね？　それなのに結婚を申し込むなんておかしい。

単に自分に意見した私がもの珍しくて、新鮮な気持ちになっているだけで、決して彼は私を好きではないはず。

けれどすぐに副社長に「なぜそう言い切れる？」と聞かれ、たじろいでしまう。

「それはつまり、その……新鮮な気持ちになったのを、恋愛感情と勘違いされているのではないでしょうか？」

思うがまま口にすると、副社長は顎に手を当てて考え込んだ。

「新鮮な気持ち……か。確かにそれは一理あるかもしれないな」

ボソッと漏れた声に安堵する。

「そうですよね？　でしたら私に対する気持ちは恋愛感情ではありません」

胸を撫《な》で下ろし、残りのあんみつを口に運んでいく。副社長もそれ以上何も言うことなく、眉間に皺を寄せながらお茶を啜っている。

理解してくれただろうか。不安になりながら彼の様子を窺っていると、湯呑みをテーブルに置き、口を開いた。

「さっきも言ったが、父さんからキミのことをいろいろと聞いた。……兄弟が多いらしいな」

「……はい」

両親が共働きゆえ、早苗が体調を崩した時など家庭の事情でやむを得ず、早退させてもらうことが何度かあった。

だから秘書課の同僚や社長には、家庭の事情を話してある。それを副社長も聞いたってことは……。次に副社長からかけられる言葉が予想できて憂鬱《ゆううつ》になる。

幼い頃から長女として家のことをやってきた私は、周囲からいつも同じ言葉をかけられていた。

『偉いね』『さすがお姉ちゃんね』『日葵ちゃんは本当にいい子ね』

大きくなれば、今度はまた違った言葉がかけられてきた。

『苦労しているね』『よくできるね、遊びたくないの?』『私には無理』

社会人になれば、『大変だね』『尊敬しちゃうよ』『若いのに苦労しているんだね』

周囲は必ず私を苦労人として憐《あわ》れむけれど、一度も苦に思ったことなどなかった。家族が大好きだし、何より家族は助け合うものだと思っているから。

だから偉いと言われても違和感を覚え、『私には無理』と否定され、悲しくもなった。きっと副社長も『大変だな』なんて、言葉をかけるのだろう。

そう思っていたけれど、彼は違った。

「それも、結婚したいと思った理由のひとつなんだ」

「えっ?」

意外な言葉に声をあげる。

するると、副社長は照れ臭そうに話しだした。

「知っての通り、我が家は父ひとり子ひとりだ。……だから、昔から兄弟に憧れていた。キミと結婚すれば、俺にも兄弟ができるわけだろ？　それもたくさん」

「それは……そう、ですが」

予想外の発想をする副社長に戸惑いを隠せない。

「キミは家族を大切にしていると父さんから聞いている。それを聞いてキミとの未来を想像してしまったんだ。……家族が増えて、幸せに暮らしている自分の姿を。こんな想像をしていては、もうキミに恋していると言わざるを得ないだろ？」

ハニカミながら、らしくないことを言う副社長に私は終始驚きっぱなし。思わず感じたことをそのまま口にした。

「副社長でも照れたりハニかんだり、『恋している』だなんてことを言ったりするんですね」

普段の副社長からは想像さえもできない。……ううん、私だけじゃない。誰だって副社長がこんなことを言うなんて思わないはず。

すると副社長は表情を硬くした。

「当たり前だろう、俺だって人間だ。楽しい時は笑うし、恥ずかしい時は照れる」

彼の意外な一面を見て聞いて、目を白黒させるばかり。

私の目の前に座っているのはいつもの副社長のはずなのに、会社で見る彼とは違い、どこか雰囲気が柔らかい。親しみやすいというか、話しやすいというか……。

「でしたら会社でも、感情を表に出されてはどうですか？　そうすれば怖がられることも少なくなるかと」

誰とでも今のように接することができたら、皆副社長に対する見方は変わるはず。

そう思って伝えたものの、副社長は首を横に振る。

「いや、そういうわけにはいかない。これでも会社の次期トップに立つ身として、会社ではいかなる時も緊張感を持っていないと。……キミは知らないかもしれないが、俺が副社長の職に就いていることを、面白く思っていない人間もいるんだ。特に重役の面々がな」

「えっ……」

思いがけない話に耳を疑う。

確かに副社長のことを恐れている人はいると思うけれど、彼の仕事ぶりに男性社員は尊敬している人も多いはず。それなのに面白く思っていない人がいるだなんて。それも会社を支える重役が？

副社長は「フッ」と乾いた笑い声を漏らした。

「長年勤めてきたのに、三十歳の若造のもとで働くなんて、誰だって嫌だろう。だから俺は会社では常に完璧でいなくてはいけない」

もしかしたら私は、副社長のことをずっと誤解していたのかもしれない。冷たい、怖いと思っていたけれど本当の彼は違うんじゃないの？　誰よりも真面目で責任を持ち、仕事に当たっている人。

会社でも気が抜けないんでしょ？　完璧でないといけないと、自分を追いつめているんだ。笑ったり感情を表に出さないのは、自分の立場を熟知し、会社のことを考えてのことだったんだ。

だからこそある疑問が浮かび、本人にぶつけた。

「では、なぜ私の前では感情を露《あら》わにされたんですか？」

私だって会社の人間のひとりだ。ましてや秘書課に所属しているんだもの。重役と接する機会は度々あるのになぜ？

すると副社長は表情を崩し、私に素直な想いをぶつけてきた。

「俺がキミのことを知りたいと思うと同時に、キミにも、本当の自分を知ってほしいからかもしれない。……それがカッコ悪いとわかっていても」

「副社長……」

どこかバツが悪そうに口元を手で覆い、話す姿を見て、今まで感じたことのない不思議な感情に支配される。

なんだろう、この気持ちは。胸が苦しいというか、ふわふわするというか……。言葉では言い表すことができない。未知の感情に支配され、まっすぐ私を見つめる彼の瞳から、逃れることができなくなる。

「それほどキミに本気だ。でなかったら、結婚してほしいだなんて言わない」

真剣な瞳に息を呑む。

いまだに半信半疑だけれど、冗談で言っているようには見えないからこそ、私は正直な思いを吐露した。

「副社長のお気持ちは大変嬉しいです。ですが付き合ってもいないのに、いきなり結婚だなんて、やはりおかしいのではないでしょうか?」

普通は相手のことを知って好きになり、お互い気持ちを伝え合い、時間を重ねて、そこで初めて結婚という未来が見えてくるもの。それなのに副社長はいきなり『結婚してほしい』と言う。

「失礼ながら私は、会社で働く副社長しか知りません。それと同時に副社長も私のことなど、ほとんど知らないですよね？　まずはお互いのことを知って好きになり、そして付き合った先に結婚があるのではないでしょうか？」

するど副社長は再び考え込んでしまった。その姿に自分が伝えたいことが伝わったのだと安心したのも束の間、副社長はすかさず提案をしてきた。

「ではまず、お互いのことを知るために結婚を前提に付き合ってくれないだろうか」

まさかの打開案に肩を落とす。

「あの、副社長……。私の話をご理解なさったのでしょうか？」

相手が副社長とわかりつつも、声に棘《とげ》を生やして言うと、彼は『もちろん』というように頷いた。

「だから交際を申し込んでいるんだろ？　それにお互いのことを知るには、一緒に過ごす時間を増やすのが得策だ。こうしてプライベートで会わなければ、知ることもできないんじゃないか？」

普段の会議の際、重役たちを黙らせるかの如く畳《たた》みかけてくる副社長に、私はタジタジになる。

「こうして仕事終わりに食事をしたり、休日にふたりで出かけたりしよう。そうすればキミのことをもっと知れるし、俺のことも知ってもらうことができる」

「それはそうですけど……」

強引な物言いに言葉を詰まらせる。

「じゃあ決定。……今日からキミは俺の彼女」

ふわりと笑って彼女宣言する副社長に、ドキッとしてしまう。

え、やだドキッて何よ、ドキッて！　こんなの、間違っているから。

キュッと表情を引きしめ、副社長と向き合う。

「私はまだ彼女になると了承しておりません」

「じゃあ結婚を前提とした友達でもいい。こうして会ってくれればいいよ」

なかなか折れない副社長に困り果てる。

そもそも私自身も恋愛したことがなく、男性とこうしてふたりで食事に来ることも初めてだった。

なのに、このままズルズルと彼のペースに乗せられるわけにはいかない。

反論に出ようとしたものの、彼は先手に出る。

「それに好きになるには、まずは相手を知ることだろ？　キミが言ったんだ。……教えてくれ、異性を本気で好きになるにはまずどうしたらいい？　どうしたら人を好きになれる？」

そんなこと、こっちが聞きたい！と心の中で思うものの、副社長は私が恋愛経験、豊富だと思っているんだよね。

現に結婚まで考えた人がいると言ってしまった手前、言葉に詰まるも、必死に読んだ雑誌の恋愛記事や少女漫画を思い出し、人を好きになる過程について伝えていった。

「それはっ……！　こうしてたくさんお話をして、意外な人間性が見えてきて、もっと知りたい……というところから始まるのではないでしょうか？」

「だったら会ってくれるよな？」

ニッコリ微笑んで言われ、『しまった』と後悔するも、時すでに遅し。

うっかり、副社長の考え方と同じようなことを言ってしまった……。

でも私の心は大きく揺れていた。

以前言われた時と今は違う。今日少しの時間だけれど時間をともにし、副社長のことを少し知ることができた。それに家族の一員になりたいと言われ、正直嬉しかった。

そんな彼のことを、私ももう少し知りたいと思い始めているから。

だけど恋愛経験のない私は、こんな時はどう言えばいいのかわからず、ツンとした態度を取ってしまった。

「お互いのことを知るために、食事に行ったり外出するだけですから」

相手は副社長ということも忘れ、可愛げのないことを言ってしまう。でもなぜか副社長は私の顔をまじまじと眺めて、幸せそうに頬《ほお》を緩めた。

「なんでしょうか？　私の顔に何か？」

眉間に皺を寄せて問うと、副社長はクスリと笑った。

「いや、ふたりっきりで会うと、キミのそういったツンデレな可愛らしい一面も見られるのかと思って」

「なっ……！」

思わず声を荒らげると、ますます副社長は頬を緩める。

「会社でのキミは常に冷静で、テキパキと仕事をこなしている。その姿もいいと思うが、今のように可愛げのないところも、顔を真っ赤にさせているのも素敵だ」

とんだ殺し文句に、ぐうの音も出ない。

やっぱりこの判断、間違ったかもしれない。副社長と会うたびに、こんな殺し文句を言われたら、私の心臓はもつのだろうか。

私はそれ以上何も言えず、最後まで副社長ペースで食事を終えた。

『正しいお付き合い開始のススメ』

食事を終えると、副社長は『大丈夫です』と断る私を振り切り、自ら運転する車で自宅前まで送り届けてくれた。

車内ではお互い終始無言。そもそも何を話せばいいの？　仕事の話？　いやいや、会社じゃないんだし……。

副社長も口を開くことなく、運転に集中しているから余計に声をかけづらい。こんな調子でこれから大丈夫なのかな。

安易に食事や休日をともに過ごす約束をしてしまったけれど、話をすることができないのでは意味がない気がする。それとも話せないのは私が緊張しているから？　それが副社長にも伝わってしまっているのだろうか。

自分でも驚くほど緊張している。だって告白されたことも、ましてやプロポーズされたことも初めてだったから。こうして男の人が運転する車の助手席に乗るのも、全部が初めて――。緊張しないわけがない。

車内に音楽が流れていて本当によかった。でなかったら、胸がバクバクと音をたてていることに気づかれそうだから。

落ち着きを失い、早く着かないかと願ってしまう。

それから車を走らせること十分、やっと見慣れた景色が視界に入ると、間もなく自宅前に着いた。

「ここで合っているか？」

カーナビを確認しながら尋ねてきた彼に、「はい」と頷きながらシートベルトを外した。

「送っていただき、ありがとうございました。社長にもよろしくお伝えください」

もう狭い空間に、ふたりっきりは耐えられない。

お礼を言い、車から降りようとしたけれど、副社長に腕をつかまれた。

「どうかされましたか？」

平静を装って声を絞り出し、やんわり腕をほどこうとしたものの、さらに強くつかまれる。

「あの……？」

一体どうしたというのだろうか。さらに心臓の動きは速さを増す。

副社長は私を見つめ、切れ長の瞳を大きく揺らした。

「悪い。自分でも驚いているんだ、まさか俺がこんなことを思うとは……」

「あの？」

話が見えず首を傾《かし》げる。

副社長は何を言っているの？

それでも腕を離してもらえない現状に、恥ずかしさが増す中、彼は耳を疑うようなことを言った。

「キミのこと、帰したくない。……もっと一緒にいたい」

「えっ」

思いがけない言葉に、目を丸くさせてしまう。

帰したくない？　……もっと一緒にいたい⁉

信じられないセリフに瞬《まばた》きすることも忘れて副社長を凝視《ぎょうし》すると、熱い瞳を向けられる。

「キミのことをもっと知りたいし、欲を言えばこうして触れていたい」

「な、に言って……！　副社長、少々暴走しすぎではないでしょうか？」

口ではそんなことを言いながら、心臓は壊れそうなほどバクバクいっている。

その間も副社長はジリジリと距離を縮めてきた。

「自分でも暴走していると思うよ。……だが、これが誰かを好きになるという感情じゃないか？　気持ちを抑えられないものなんだろう？」

そう言われても、わからない私は返答に困る。

何度も言いたくなるけれど、副社長すみません。私も全くわからないのです。

整った彼の顔が間近に迫ってきて、背中をのけ反《ぞ》らせ、ドアに寄りかかる。

それでも、彼はまっすぐ私を見つめたまま。

「どうなんだ？　教えてくれ。……日葵」

掠れた声で初めて名前呼びされ、身体はゾクリと震《ふる》える。

何これ、どうして名前を呼ばれただけで胸が痛いほど苦しくなるの？　両親や友達には昔から『日葵』って呼ばれてきたじゃない。

「そ、それはっ……ですね」

声を上ずらせながら答えようとしたものの、胸が苦しくて続かない。何か言わないと……頭ではそうわかっているのに。

こんなにも異性との距離が近く、迫られたことなんて一度もない。想像の世界でしかなかったことが現実に起きて、頭の中はパニック状態。

こういう場合、どうやって回避すればいいの？　どう言うのが、恋愛上級者として正しいの？

必死に読んだ雑誌や漫画、小説を思い返していると、副社長は突然ハッとし、私の腕を離してもとの位置に戻った。

「悪い、怖がらせてしまい。……本当に悪かった」

「い、いいえ」

答えながらも自然とつかまれていた手をギュッと握りしめてしまう。彼が離れた今も、胸は高鳴ったまま。

「心配だから玄関先まで送らせてくれ」

「えっ？」

そう言うと、副社長は車から降りた。

車が停車している場所は、自宅から目と鼻の先。何も玄関先まで送ってもらうことはない。

慌てて私も車から降りた。

「副社長、ここで大丈夫ですから」

「いいから。……家の中に入るところを見て、安心してから帰らせてくれ」

車越しにふわりと笑う彼に先ほどとは違った胸の痛みを感じ、再び戸惑ってしまう。

どうして副社長の言動ひとつひとつに、胸が苦しくなるの？

「行こう」

「あっ、はい。……すみません」

先に歩きだした副社長についていくだけで、精一杯。

私、どうしちゃったんだろう。相手は副社長だよ？

さっきは雰囲気に流されてつい承諾してしまったけれど、本来、副社長は私なんかが食事をともにしたり、休日をともに過ごせるような相手ではない。

やっぱり断るべきだよね。『さっきはつい了承してしまいましたが、やはりお断りさせていただきます。私ではなくても、副社長と恋愛できるお相手はほかにたくさんいるはずです』って。

家はもう目と鼻の先。彼の大きな背中に向かって声をかけた。

「あの、副社長……！」

呼びかけると、彼は足を止めて振り返り、私を見た。

「どうかした？」

首を傾げる副社長に思い切って伝えようとした時、聞き覚えのある声が耳に届いた。

「あれ……？　ちょっとやだ、日葵⁉」

驚いた声をあげたのは、私たちを見て喜んでいる様子のお母さんだった。ちょうど仕事から帰ってきたようだ。

まさかこんなバッドタイミングで、お母さんと鉢合わせするとは夢にも思わず、微動だにできなくなる。

お母さんは素早く私たちのもとへ駆け寄ってくると、私と副社長を交互に見た。

「日葵ったら何やっているの？　送ってくださったんでしょ？　だったら上がってもらいなさい」

「えっ！　いや、でも……」

ギョッとして副社長を見ると、彼は突然現れたお母さんに、私以上に困惑している。

あぁ、そうなりますよね。家に送ってくださるだけのつもりが、いきなり母親が現れたら。おまけに恍惚とした表情で、自分を見てきたら。

「それにしても、まさか日葵にこんなにいい人がいたなんて、びっくりだわ」

何やら、私と彼が付き合っていると勘違いしているようだし。

興奮状態のお母さんに事情を説明するより先に、お母さんは副社長の腕をつかみ、強引に家のほうへと引っ張っていく。

「さぁさ、狭い家ですがどうぞお上がりください」

「いえ、あの……」

お母さんの強引ぶりに、会社での毅然《きぜん》とした副社長の姿はどこへやら。相当困惑しているようで、お母さんに引かれるがまま。

「ちょっとお母さん⁉」

時刻は二十二時過ぎ。明日も仕事がある副社長を家に上げるだなんて、とんでもない！　何より家の中は物で溢《あふ》れているし、正直、きちんと整理整頓《せいとん》されていない。

きっと副社長、びっくりしちゃうよ。

けれど私の願いは虚しく、あっという間に副社長は家に招き入れられた。

お母さんに『日葵は着替えてきちゃいなさい』と言われ、急いで着替えを済ませて二階の自分の部屋から一階へ続く階段を下りていると、寝ているはずの早苗のうきうきした声がリビングから聞こえてきた。

「日葵お姉ちゃんの恋人なの？　それとも結婚相手？」

話の内容に心臓が止まりそうになる。どうやらお母さんの大きな声に、寝ていた早苗が起きてきたようだ。おまけに無邪気にとんでもないことを聞いてくれている！

急いで階段を駆け下りてリビングへ入ると、キッチンではお母さんがお茶の準備をしていて、副社長はソファに腰を下ろしている。

そしてその横には、早苗がぴったりと寄り添っていた。

会社では皆が恐れる副社長も、無邪気な早苗を前にしてはタジタジのようだ。

慌てて止めに入った。

「ちょっと早苗、違うから！　この方はお姉ちゃんが勤めている会社の副社長なのよ。失礼なこと言わないで」

悪いことをした時に叱《しか》るように厳しい口調で言ったものの、早苗は私の話を聞き、目をキラキラと輝かせた。

「すごーい！　いいなー、じゃあ日葵お姉ちゃん、お姫様になれるね」

純粋な早苗は私のもとへ駆け寄ってくると嬉しそうに抱きつき、副社長に聞かれたら恥ずかしいことを言ってくる。

「あっ、あのね早苗。お姫様になれるわけじゃ……」

呆れて頭を抱える中、ずっと口を結んでいた副社長が突然笑いだした。

声をあげて笑う姿に私と早苗は視線が釘付け。

少しして、副社長は笑いをこらえながら言う。

「すまない、急に笑ったりして。……いいな、こういう賑やかで微笑ましいやり取りは。憧れる」

うらやましいというように笑う副社長に、私はまた胸の奥がむず痒《がゆ》く、なんとも言えない気持ちになる。

「でしょー！　だったらお兄ちゃん、日葵お姉ちゃんと結婚しなよ！　そうしたら私たちと家族になれるよ‼」

私から離れて、再び副社長に寄り添う早苗。

このまま放っておいたら、無邪気にとんでもないことを言ってしまいそうだ。

慌てて早苗の手をつかむ。

「さぁ、早苗はもう寝る時間よ」

「えぇー、まだお兄ちゃんとお話していたいよ」

全身を使って拒否する早苗。そんな彼女を引きずってドアのほうへと向かっていく。

「だめ、もう寝るの！　すみません、副社長。少々お待ちいただいてもよろしいでしょうか？」

ドアの前で断りを入れると、副社長は頬を緩ませたまま言った。

「わかったよ。……早苗ちゃん、またね。おやすみ」

副社長のひと言に早苗はコロッと態度を変え、「約束だよ？　絶対また来てね」と言い、私の手を引っ張る。

現金な妹に呆れつつも、副社長を残し、私は早苗とともに妹の寝室へと向かった。

「おやすみ」

電気を消して、そっと寝室をあとにした。

副社長と会って興奮したようで、早苗から質問攻めに遭い、だいぶ時間が経ってしまった。副社長は大丈夫だろうか。

不安になりながら階段を下りていくと、どうやらお母さんが副社長をもてなしてくれていたようで、次第にふたりの話し声が聞こえてきた。

「あの子、会社ではどうですか？　皆さんとうまくやっているでしょうか？　昔から家族思いのいい子なんですが、そのせいで人との付き合い方がなんといいますか、不器用といいますか……」

私を心配するお母さんの話に、廊下で足が止まる。

お母さんは昔から、私が家のことばかり手伝っていて、友達とあまり遊ばないことをとても心配していた。

けれど、いつも家のことばかりしていたわけではなかったし、時々は友達と遊んでいた。何より皆うちの事情を理解してくれて、休日は家に遊びに来て兄弟たちの面倒を見てくれたりもした。

もちろん、友達皆に恵まれてきたわけじゃない。事情を理解してもらえず、離れていった子もいる。お母さんもお父さんも、そのことをずっと気に病んでいた。

まさか今も同じような心配をかけていたなんて……。

リビングに戻りづらくて、廊下の壁に寄りかかると、副社長が言葉を選びながら話しだした。

「井上さんは真面目で一生懸命で、私の父もいつも彼女に助けられております。……それに彼女は秘書課内でも後輩に慕われており、上司には何かと頼られている、そんな存在です。私から見てお母様が心配されるようなことは、何もないと思います」

最後はきっぱり言った副社長に、お母さんは安堵した様子。

「そうですか。……よかった、安心しました」

「ご家庭同様、社内でも責任感が強く、すべてにおいて優れているからこそ父は彼女を秘書に抜擢《ばってき》したのだと思います。どうぞご安心ください」

まさか副社長にそんな風に言ってもらえるとは思わず、気恥ずかしくなる。

でも自分がしてきたことをこうして認めてくれる人がいるって、やっぱり嬉しい。

ましてや副社長は私の直属の上司ではないのに。

お母さんを安心させてくれて感謝だ。……けれど、この状況ではリビングに行きづらい。もう少ししてから戻ることにしよう。

そう思った矢先、お母さんの口から驚きの言葉が飛び出した。

「ありがとうございます。日葵は幸せですね、桜さんにそこまでお褒めいただけて。本当、あなたのような方と将来一緒になってくれたら、親としてこれ以上の幸せはないんですけどね」

「えっ？」

これにはさすがの副社長もびっくりした声をあげる。

ちょっとやだ、お母さんってば何を言っているの⁉　ギョッとする私をよそに、お母さんは明るい声で続けた。

「あの子ったら二十八歳にもなって、彼氏どころか初恋もまだなんですよ」

絶対に知られたくなかったことをサラッと暴露され、私はたまらずリビングへ飛び込んだ。

「お母さん、やめて。なんて話をしているのよ！」

突然入ってきた私に、副社長は目を瞬かせている。

けれど、今は副社長の様子を気にしている余裕はない。これ以上、お母さんが変なことを言わないよう阻止しないと。

ズカズカと歩み寄ると、お母さんは笑いながらまたとんでもないことを口にした。

「悪いけどお見通しよ？　日葵、誰かを好きになったことないでしょ？　気づかないフリしてきたけど、ずっと心配していたのよ？」

「ちょっとお母さん⁉」

お願いだからやめて！　これ以上、もう何も言わないで……！

慌てて抗議するけれど、お母さんは目を丸くしている副社長を見た。

「桜さん、冗談抜きでうちの子なんてどうですか？　恋愛初心者ですが家事全般はできますし、結婚相手には申し分ないと思うのですが……」

「お母さん、いい加減にして‼」

ふたりの間に割って入り、いつになく声を荒らげてしまう。

だって私、副社長には恋愛経験豊富だって見栄を張っちゃっているのに。これでは嘘をついていたのがバレバレじゃない。

このままではマズいと判断し、無我夢中で副社長の腕をつかんだ。

「副社長、遅くまでお引き止めしてしまい、申し訳ありませんでした！」

「え、いや」

戸惑う副社長の腕を引き、ドアのほうへと向かっていく。すると背後からお母さんの陽気な声が届いた。

「桜さん、ぜひまたいらしてくださいね。日葵のこと、よろしくお願いします」

あぁ、もう本当にやめて。副社長に私、なんて言ったらいいのよ。

どうにか副社長を家の外まで連れ出したものの、どう言い訳したらよいのやら……。

途方に暮れながらも、何か言われる前にこちらから先手に出た。

「あの、すみませんでした。えっと……母が言っていたことは気になさらないでください」

お母さん、ばっちり『恋愛初心者』だって言っちゃっていたし、副社長も聞いたはず。嘘をついていたことがバレたかもしれない。

そう思うと彼の顔をまともに見ることができず、玄関先で深く頭を下げた。

「今日は本当にありがとうございました」

副社長に話す余地を与えず一方的に言い、そのまま逃げるように背中を向けた時、「待ってくれ」と呼び止められてしまった。

彼の声に身体は素直にギクリと反応してしまう。それでもどうにか「なんでしょうか？」と尋ねると、すぐに言葉が返ってきた。

「ちゃんと目を見て話をしてくれないか？」

彼が言う通り、私は今、副社長に背を向けたまま。本当はこのまま家の中に飛び込みたいところだけど、そうはいかないよね。

覚悟を決めてゆっくりと振り返ると、副社長は探るような目を向けてきた。

「キミは……いや、キミも俺と同じなのか？」

副社長の言いたいことを瞬時に理解でき、気まずくて目が泳ぐ。

やっぱり気づかれてしまったんだ。私が恋愛初心者だって。副社長と同じく、誰かを本気で好きになったことがないって。

けれど目を泳がせ、反論しないでいたら『そうです、私も恋愛初心者です。誰かを好きになる気持ちなんてわかりません』と認めているようなもの。

それに気づき、私は彼に向かって大きく頭を下げた。

「すみませんでした。私、副社長に嘘をついていました。……私も副社長と同じです。誰かを好きになるとどういう気持ちになるのか、この歳になってもわかりません」

ゆっくりと顔を上げると、副社長は私のカミングアウトに目を丸くさせていた。けれどすぐに表情を引きしめ、真剣な面持ちになる。

「だったら俺と一緒に知ればいい」

「えっ？」

突然の提案に今度は私が驚く。

すると副社長は私の肩をつかみ、訴えてきた。

「これはキミにとってもいい機会じゃないか？　先ほど聞いた印象では、お母さんはキミのことをとても心配されている」

図星で何も言い返せない。さっきのお母さんのセリフで、そのことがヒシヒシと伝わってきたから。

副社長は畳みかけてくる。

「それに俺は、初めて好きになる女性はキミでありたい。……いや、生涯好きになる相手はキミひとりだけでいい。キミにも俺はそんな存在であってほしい。好きになるのは、俺ひとりであってほしい」

「副社長……」

甘い言葉に胸が高鳴り、言葉が出ない。

なんて素敵なセリフだろうか。女子なら誰だって、一生に一度は言われてみたいセリフだ。『生涯好きになる相手はキミひとりだけでいい』『好きになるのは俺ひとりであってほしい』こんなことを言われてドキドキしない女子なんていないよ。

肩をつかんでいた手が離れたかと思うと、今度は私の手をギュッと握りしめる副社長。そして私を愛《いと》しそうに見つめてきた。

「もう一度言わせてくれ。俺と一緒に恋愛をしよう。……結婚を前提に、付き合ってほしい」

彼の真剣な想いが伝わってくる告白に、心臓を鷲《わし》づかみされたように苦しくなる。

それと同時に、なぜか彼の告白を嬉しく思っている自分がいた。

たった数時間のうちに、私の心は大きく乱されてばかり。

副社長とだなんてとんでもない！って思っていたくせに、彼の申し入れを受けてしまったり、冷静になるとやっぱり断るべきだと思ったり……。

そしてまた、私の気持ちはコロコロと変化していく。

副社長と恋愛？　しかも結婚を前提に付き合うだなんて、社長秘書という立場から考えたら、すぐに断るべき。

それなのにすぐに『ＮＯ』の言葉が出てこない。

相手が自分の勤める会社の副社長で、私が社長秘書という状況を取り除いたら……？　副社長はただの一般男性で、普通に出会ってこんな風に告白されたら？

そうしたら私は迷いなく『イエス』と答えてしまうだろう。

「どうだろうか？　……俺と恋愛してくれるだろうか」

顔を覗き込み、小首を傾げる彼にドキッとし、思わずのけ反る。

ふっ、副社長……！　お顔が大変近いです‼　……ですが、イエスかノーで答えろと言われたら、答えはイエスです。

今だけは相手が副社長ということも、私が社長秘書ということも忘れて、ただの女性になってもいいですか？

だって今、彼の手を取らなかったら私……一生恋愛できない気がするから。誰かを好きになる気持ちを知ることなく、一生を終えてしまいそう。

何より誰かを本気で好きになったことがなくて、一緒に恋愛をしようと言ってくれた彼と、私も恋してみたいと思うから。

立場など関係なく、芽生えた気持ちを大切にしてみたい。その思いが強くなり、迷いは吹っ切れた。

けれどこんな熱い告白をされたのも、こうして手を握られるのも、至近距離で見つめられるのも初めてで、私はただ頷くだけで精一杯だった。

『正しい初デートのススメ』

月曜日の朝。昨日買っておいた花を花瓶《かびん》に生け、社長室に飾る。そして社長のデスク周りの掃除に取りかかった。

副社長との交際が始まって二週間。

初めて〝恋人〟という特別な存在ができ、おまけに相手は我が社の副社長。どういう顔をして出社すればいいのやら……と気を揉《も》んでいた。

副社長から、交際していることを社長に伝えたと聞いていたし、さぞかし社長にはからかわれるのだろうと覚悟していたんだけど……。

「おはよう、井上くん。今日も早いね」

「おはようございます、社長」

片手を上げてにこやかに出勤してきた社長に、掃除する手を止めて丁寧に一礼する。

「悪いがコーヒーを頼めるか？　それと、私宛てに届いたメールを見せてくれ。あぁ、それから経済新聞も頼む」

「はい、かしこまりました」

社長室をあとにして秘書課のオフィスへ戻り、社長に頼まれたコーヒーを淹れながら、誰もいない給湯室内で首を捻《ひね》る。

副社長と付き合い始めて二週間も経つというのに、社長は交際について何も言ってこない。

予想外の態度に、身がまえていた私はすっかり拍子抜けしている。

副社長から報告はいっているはず。

それなのに私からわざわざ報告するのも……と思い、その件には触れずにいた。

もしかしたら今までのことを反省して、社長なりに私たちを静かに見守ってくれているのかもしれない。そうだったら、なおさら私から報告するべきではないよね。

コーヒーを淹れている間にデスクに戻り、チェックしたメールを社長のパソコンに転送して、今朝買ってきた経済新聞を手に取る。

給湯室にはコーヒーの芳しい香りが漂っていた。

それらを一緒に社長室へと運んでいく。

副社長と付き合い始めてからも、私の日常は特に変わりない。朝は五時半に起床し、お母さんと一緒に家のことをして、七時過ぎには家を出る。家から電車で片道十五分かけて、秘書課ではいつも一番に出勤。こうして仕事をこなし、ほぼ定時の十七時半には退社する。

帰宅後も両親の帰りが遅い日は、バイトと学習塾に行く弟ふたりの夕食を準備し、早苗の面倒を見ながら家のことをする日々。

けれど、ひとつだけ変わったことがある。

それは朝と夜、副社長から【おはよう】と【おやすみ】のメッセージが届くようになったこと。

会社では顔を合わせることはなかなかないし、私が一方的に見かけるだけ。付き合う前となんら変わりない関係だと思う。でも、一日に送られてくるたった二通のメッセージだけで、私は副社長と付き合っているんだと実感できていた。

時折社内で見かける副社長は忙しそうだった。堀内さんも『忙しすぎて死んじゃいそう』だなんて、オーバーなことを言っていたほどに。

メッセージも朝早い時間と夜遅い時間に送られてくる。それだけで彼が仕事に追われているのが伝わっていた。【おはようございます】【おやすみなさい】と返信するたびに、スマホを握りしめ、思いを巡らせていた。

付き合うってなんだろう。プライベートでやり取りするだけでいいのかな？　これでは以前とそれほど変わらない気がする。けれど、何をすればいいんだろう。

彼の仕事のことなんて何ひとつ知らないし、『大変ですね』なんて軽はずみなことは言えない。大変なのは当たり前だもの。

恋愛するってなんだろう。どうやったら彼と恋愛することができるのかな。

付き合い始めても、その答えはやはりわからないままだった。


そんなある日の金曜日。

昼食は下請け会社の社長たちとの食事会だった。今後も協力していくことを確認し、和やかな雰囲気のまま、ほぼ予定していた時間通りに終了。

そして帰りの車内、助手席からミラー越しに見える社長は、なぜか窓の外をキョロキョロ見ていた。

「社長、どうかされましたか？」

「いや、ちょっとね……」

不思議に思い尋ねると社長は言葉を濁す。けれどまたすぐに窓の外を見始める。そして次の瞬間、社長は急に運転手に「車を停めてくれ」と言った。

運転手はすぐに駐車できそうな路肩に車を停車させると、社長は車から降りてしまった。

「社長?」

慌てて降りると、社長は運転手に「少し待っていてくれ」と伝えると、私のほうを見た。

「井上くん、ちょっと付き合ってくれ」

「え、あっ……」

そう言うと、社長は目の前にある高級ブティックにスタスタと入っていく。

社長の秘書に就いて約半年。こうして途中で車を停め、寄り道することなど一度もなかったから戸惑う。

でも、ここ最近、社長のスケジュールはハードで、ゆっくりと買い物に行く時間が取れなかったのかもしれない。そう思うと、秘書として申し訳なく思う。

社長は自分で若いと言っているけれど、気をつけないと。今後は少し余裕を持てるよう組み直そう。

頭で考えながら社長のあとを追って店内に入ると、周囲を見回す社長の姿に気づいた女性店員がすぐに駆け寄ってきた。

「いらっしゃいませ、桜様。いつもありがとうございます。本日はどのような物をお探しでしょうか?」

どうやら社長は常連客のようだ。このあとは特に急ぎの予定はない。社長にゆっくりと買い物を楽しんでいただこう。

邪魔にならないよう隅に移動するものの、初めて来た高級ブティックについ辺りを見回してしまう。

女性服から男性服まで並ぶ店内。しかしさすが社長が通っている店だけあって、どの商品も高そう。ご褒美《ほうび》にと思わないと、私には買えないような値段なんだろうな。

「どうぞこちらへ」

店員が社長を紳士服売り場に案内しようとすると、社長は耳を疑うようなことを言いだした。

「あぁ、今日は私の物を買いに来たわけではないんだ」

そう言うと、なぜか私を見る社長。

「彼女に合う物を、何点か見繕ってくれないだろうか？　普段使いできる物を頼む」

「えっ？」

ニッコリ笑顔で言う社長に、目を瞬かせてしまう。

社長ってば、何を言っているの？　私に合う物を……なんて言ったよね？

呆然とする私を見て店員は微笑んだ。

「かしこまりました。では少々お時間を頂戴《ちょうだい》いたしますので、あちらでお待ちくださいませ」

そう言うと、私たちを店内奥にあるソファ席に案内し、私に合いそうな服を選びに行ってしまった。

すぐにほかの店員がコーヒーをふたつ持ってきてくれて、テーブルに並べる。社長は「ありがとう」と言いながらソファに座り、それを優雅に飲むが、私はそうはいかない。オルゴールの音色が響く店内で、小声で社長に訴えた。

「社長、どういうことですか？　私に合う服をだなんて。……日頃の服装にご不満でしたら、明日から違ったテイストのスーツを着用してまいります」

もしかしたら社長は普段の私の服装を、不満に思っていたのかもしれない。外出の際、恥ずかしい思いをさせていた？　そんな不安がよぎったものの、社長は声をあげて笑った。

「不満などあるわけないだろ？　いつも頑張ってくれているキミへプレゼントしたいんだ」

「プレゼント……ですか？　いえ、しかし私は秘書として当たり前のことをしているまでです。プレゼントをいただくようなことは、何ひとつしておりません」

社長が円滑に業務に当たれるように、サポートするのが私の仕事。私は自分の職務を全うしているだけ。何も社長にプレゼントされるようなことはしていない。

すると社長は「うーん……」と唸《うな》ったあと、私の様子を窺いながら話しだした。

「廉二郎に口止めされていたから、ずっと我慢していたが……。聞いたよ、息子と交際しているようだね。私は正直、ずっと待っていたんだよ？　将来娘になるキミから、廉二郎と交際していると報告が聞けるのを」

やっぱり社長は知っていたんだ。それに報告が聞けるのを待っていたなんて。

副社長から話がいっているなら、私も同じ報告をわざわざしなくてもいいと思っていたけれど、それは間違いだったようだ。

「それはっ……失礼いたしました。副社長からお話がいっていると聞いており、また仕事中にプライベートなことをお話しするものではないと判断いたしまして……」

謝罪しながら理由を述べると、社長は深いため息を漏らした。

「何を言っているんだ、キミと私の仲だろう。水臭いじゃないか、家族になるというのに」

社長の口から飛び出した〝家族〟のワードにギョッとする。

「社長？　少々飛躍しすぎではございませんか？」

確かに私は、副社長に結婚を前提に付き合ってほしいと言われ、了承した。けれど、私たちはまだ好きって感情を知らない恋愛初心者だ。これからお互いのことを好きになれるかどうかもわからないのに、ひとり暴走している社長に頭が痛くなる。

「飛躍などしていないよ。キミが私の娘になるのは、時間の問題なのだから」

なのに断言する社長に、私の顔は引きつる。

社長のこの自信はどこから来ているのだろうか。私と副社長の気持ちの問題だというのに。

やはり社長は社長だった。いつもの社長でちょっぴり安心してしまう。

「それに愛しい息子がキミとデートをするために、仕事を切りつめ、デート雑誌を読み漁《あさ》っている初々《ういうい》しい姿を見たら、父親として協力したくなるだろう?」

「えっ、デート……ですか?」

寝耳に水な話に、ポカンとなる。

そんな私を見て社長は戸惑う。

「ん?　まだ廉二郎から誘われていなかったのか?　私はてっきりもう誘っているものだと……。それは廉二郎に悪いことをしたな」

顎に手を当て、ブツブツと呟く社長。

社長の言うことが本当なら、ここ最近、副社長が忙しくしていたのは私とデートするため？　それに何？　あの副社長が、私とのデートのために雑誌を読み漁っていたなんて……。

社長の言う副社長の姿を想像すると、胸がキュンと鳴る。顔がニヤけそうになり、キュッと口を結んだ。

「井上くん、廉二郎からデートに誘われても初めて聞いたフリをしてくれ。私から漏らしたとなったら、廉二郎に怒られる……！」

情けない声を出して懇願する社長に、思わず苦笑い。やはりいつもの社長だ。

「かしこまりました」

安堵する社長を見て、本当に社長は副社長のことが好きでたまらないんだと実感する。普段、社員の前ではキリッとしていて、誰もが憧れる社長なのに、こうしてちょっぴり情けない一面を見せられると、幻滅するどころかますます親しみやすさを覚える。完璧な人間などいない。社長だって普通の親と同じなんだって。

「ありがとう。そういうわけで、私からのささやかなプレゼントを受け取ってくれたまえ。廉二郎に誘われたら着ていくといい」

うんうんと頷きながら話す社長に、ようやく彼の意図が理解できた。

そうか、だから社長は急に私に服をプレゼントするなんて言いだしたんだ。社長の気持ちは嬉しいけれど、ここは丁重にお断りさせていただこう。

「社長のご厚意は大変ありがたいのですが、副社長にお誘いを受けたとしても、着ていく服はございますので大丈夫です」

何より、こんな高い店で買ってもらうわけにはいかない。

しかし、社長は引き下がらなかった。

「そうかもしれないが、次に出かけるとしたら、ふたりにとって初デートだ。キミだって廉二郎をドキドキさせたいだろ?」

「ドキドキって……何をおっしゃっているのですか?」

まるで女子のような発言に呆れてしまう。

「とにかくお洋服は結構です」

きっぱり断ると、私に合う服を探しに行っていた店員が、ちょうどタイミングよく戻ってきた。

「あの……」

どうやら先ほどの私と社長のやり取りを聞いていたようで、気まずそうに私たちの様子を窺ってきた。

店員の手にはたくさんの洋服とバッグ、アクセサリー。

社長に言われて、私に似合う物を見繕ってきてくれたんですよね？　さっきの話を聞かれていたかと思うと、申し訳なくなる。

すると社長は手を叩《たた》き、立ち上がった。

「せっかく井上くんに似合う物を見立ててきてくれたんだ。試着だけでもどうかな？」

「はい、ぜひ一度ご試着なさってください」

社長と店員にそう言われては、ここで『結構です』とは言えない雰囲気だ。

「では試着だけ……」

店員に悪いと思い、試着だけのつもりだったのに、実際に着てみるとすべて自分好みで、試着室の中で鏡に映る自分をまじまじと眺めてしまう。

店員が見立ててくれたのは、袖《そで》にフリルがあしらわれた白のカットソーとネイビーのフレアスカート。スカーフがあしらわれたトートバッグに、花びらが揺れるデザインのイヤリングとネックレスやブレスレット。それに黒のウエッジサンダル。

普段は着ない洋服だけれど、どうしよう。すべてが可愛い。……でも、値段は全然可愛くない。

値札を見ると現実に引き戻された。いつも自分が買っている物より、ケタがひとつ違う。一式買い揃えたら恐ろしい金額になるだろう。試着した姿を見せて丁寧にお断りしよう。

試着室のドアを開けて外に出ると、私の姿を見た社長は目を細めた。

「うん、似合っているじゃないか。可愛いよ」

「大変お似合いです！」

社長と店員ふたりに褒められ、照れ臭くなる。

「ありがとうございます」

素直にお礼を言った次の瞬間、社長は笑顔で言った。

「見立て通りだね。……うん、これなら問題ない。彼女が着ている物一式を包んでくれ」

「かしこまりました」

ふたりのとんでもない会話に焦り、割って入る。

「しゃ、社長……！　お気持ちだけ頂戴いたします」

これ一式をだなんて……！　けれど社長は「うーん……」と唸ったあと、ニッコリと笑った。

「でも、井上くんが試着中に支払いを済ませているんだ」

試着中に支払いを済ませたの？　サイズが合わなかったらどうしていたのだろうか。

呆れてしまい、声も出ない。

「だから遠慮せずもらってくれ。いつも仕事を頑張っているご褒美だと思って」

「しかし……」

もらってくれと言われ、素直に『はい』と頷けるはずがない。

渋る私に、店員は困惑している。

その様子を見て、社長は眉尻を下げた。

「彼女がせっかく井上くんのために見立ててくれたんだ。それにキミにとても似合っている。どうだろうか、ここはプレゼントさせてくれないだろうか」

「社長……」

上司にここまで言わせておいて、部下として『いりません』とは言えない。申し訳ない気持ちでいっぱいだけれど、店員さんも困っているし、ここは素直に甘えてもいいのかな。

「すみません、ではお言葉に甘えさせていただきます。大切に使わせていただきます」

折れると社長は喜び、店員は安堵した。

「では、こちらでお包みさせていただきますね」

「ありがとうございます。今、脱いできます」

再び試着室に戻り、ドアを閉めた途端、深いため息が漏れる。

一社員の分際で、社長に洋服を買わせるなんてあり得ない。でも今回だけは断らない判断のほうが正しかったよね。

そう自分に言い聞かせながら、鏡に映る自分が視界に入る。

改めて見てもやっぱり可愛い服で、この姿で副社長と会うことを考えると照れ臭くなる。

その反面、社長が言うように、今の自分を副社長に見てもらいたいっていう気持ちもあって……なんかもう……何これ。『わー!』と叫びたい衝動に駆られる。

私、社長の言うように副社長をドキドキさせたいの？　ドキドキさせてどうするつもり？　まだデートにも誘われていないのに、勝手に舞い上がりすぎている。ダメだ、一度落ち着こう。

大きく深呼吸をして着替えを済ませ、やっぱり申し訳なく思いながら店員が渡してくれたショップ袋を受け取った。


副社長からデートに誘われたのは、それから二日後の夜のことだった。

「あ……」

入浴を済ませ、洗面所で髪の毛を乾かしていると、届いたメッセージ。いつもだったら【おやすみ】だけなのに、今日は違った。

【今週の日曜日、予定がなければふたりでどこかへ出かけないか？】

絵文字ひとつない、文字だけのメッセージ文。

けれど初めて届いた挨拶以外の長いメールに頬が緩む。社長から副社長が仕事を切りつめて、デート雑誌を読んでいると聞いていたからこそ余計に。もちろん日曜日に予定などない。

「特に予定はありませんので、大丈夫です……と」

口に出しながらメールを打って返信すると、すぐにまたスマホが鳴った。

【では日曜日に】

副社長がどんな顔をしてこれを送ってきたのかはわからない。仕事中みたいに感情の読めない顔で送ったのだろうか。それとも私と会った時のように、少しだけ照れながら送ってくれた？

スマホを握りしめたまま想像していると、ふと洗面台の鏡に映る自分の姿が目に入った。驚くほどニヤけていて、軽くショックを受ける。

「やだ、気をつけないと」

慌てて表情を引きしめた。

日曜日、副社長の前でこんなだらしない顔をしないようにしないと。こんなのいつもの私ではない。そう心に決めながらも、日曜日のことを考えると楽しみでやっぱり口元が緩んでしまった。


そして迎えた日曜日の朝。

十時に副社長が家まで迎えに来てくれることになっている。

休日だし、兄弟たちも両親も休み。

別に早く起きなくてもいいのに、普段より早い五時に目が覚めてしまった。

まるで遠足が楽しみで仕方がない子供みたいで恥ずかしい。けれど今さら布団《ふとん》に戻っても眠れない。起きて家のことをしながらも、ソワソワして落ち着かない。皆で朝食を済ませ、出かける準備に取りかかる。

着ていく服はもちろん社長にプレゼントされた物。そして仕事に行く時より念入りにメイクを施していく。

「変じゃない、よね」

何度も鏡で確認してしまう。学生時代、何人かで一緒にならお出かけしたことはあるけれど、こうして男の人とふたりっきりで出かけるのは初めてだから。

そういえばこの前の食事もそうだ。男性とふたりだけで食事をしたことなんて、一度もなかった。そう思うと私、副社長と初めての経験ばかりしているんだ。こんな風にオシャレすることも、今までなかったもの。

そうこうしている間に、約束の時間の十五分前になろうとしていた。時間を見てハッとし、慌てて身支度を整えていく。

そして、リビングで洗濯物を畳んでいるお母さんと早苗のもとへ向かった。

「お母さん、今日は出かけてくるね」

声をかけると、お母さんと早苗はふたりして私のほうを見て、目を丸くした。

「あらやだ、日葵ってばどうしちゃったの？　可愛い格好しちゃって」

「日葵お姉ちゃん、可愛いー！」

口々に言われて照れ臭くなりながらも「ちょっと……」と言葉を濁すと、ピンときたのか、お母さんは早苗を抱き寄せてニヤリと笑った。

「そっかそっかー。日葵お姉ちゃんは、この前のお兄ちゃんとデートなんだ」

「ちがっ……！　違うから‼」

本当はデートなのに恥ずかしくて本当のことを言えず、ムキになって否定してしまう。けれど、お母さんの話を聞いて早苗は目を輝かせた。

「えー！　日葵お姉ちゃん、いいなー!!」

素早く私に抱きつき、うらやましがる早苗にたじろぐ。

「い、いや……だから別に、デデ、デートってわけじゃ……」

しどろもどろになってしまい、おまけに普段は滅多に着ない服でオシャレしているんだもの。デートだってバレバレだよね。

私と早苗をクスクスと笑いながら見ていたお母さんは、助け船を出してくれた。

「早苗、お姉ちゃんデートに遅れちゃうから、送り出してあげましょう」

すると早苗は慌てた様子で「そうだった、ごめんね日葵お姉ちゃん。デート楽しんできてね」と言いながら、私の背中をグイグイ押してくる。

そしてあっという間に玄関まで追いやられ、ふたりに笑顔で送り出された。

「いってらっしゃーい」

「い、いってきます……」

うつむきながら家を出る際、どこで覚えたのか早苗に「今夜は帰ってこなくてもいいよー」と言われ、恥ずかしくなりながら家を出た。

ドアを閉めると、家の中からはふたりの笑い声が聞こえてくる。

おませな妹に苦笑いしながらも、空を見上げると雲ひとつない青空が広がっていて、絶好のデート日和だった。

そのまま正面を見ると、道の先に黒のセダンが停まっていた。

「嘘、もう来てたの？」

時計を確認すると、いつの間にか約束の時間を迎えていた。

慌てて近づいていくと、私に気づいた私服姿の副社長が車から降りてきた。

白のTシャツに、薄い黒のジャケット。こげ茶色のチノパンにスニーカーというラフな服装。会社で見る服装とは百八十度違っていて、自然と私の足は止まり視線が釘付けになる。

なんだろう、副社長とこうして会うのは久しぶりだから？　スーツ姿に見慣れているから？　それとも会社とは違って、しっかりと髪がセットされていないからかな。すごくカッコよく見えて、ドキドキしちゃう。

けれど副社長も私と同じように足を止め、まじまじと見つめてくるから、次第に照れ臭くて耐えられなくなる。

「あ……えっとお疲れさまです。わざわざ迎えに来ていただいてしまい、申し訳ありませんでした。今日はよろしくお願いします」

つい、いつものクセで会社で交わすような硬い挨拶をすると、副社長もハッとして口を開いた。

「いや、こちらこそよろしく」

そう言うと副社長は口元に手を当て、チラチラと私を見る。

「……びっくりした、いつもとは雰囲気が違うから。すごく似合っている」

そしてふわりと笑う彼に、ますます恥ずかしくなる。

「それはっ……ありがとうございます。……副社長も素敵ですよ」

「──えっ？」

ボソッと本音を漏らすと、彼は目を剥《む》く。

「ですからその……今日は普段よりも素敵に見えます。とってもお似合いです」

無駄に髪に触れながら伝えると、副社長の耳が赤く染まった。

「……ありがとう」

「い、いいえ」

お互い視線を泳がせながら言葉を交わしたあと、今の状況がおかしくて目が合うと、仲良く口角が上がる。

なんだろう、この甘酸《あまず》っぱい気持ちは。無性に足をジタバタさせたくなる。

「どうぞ」

副社長は紳士的に助手席のドアを開けてくれて、慣れないエスコートに緊張で身体が強張《こわば》る。

「ありがとうございます」

それでもどうにかお礼を言い乗ろうとした時、後部座席のクッションの下に置いてある雑誌が目に入った。

全体はよく見えなかったけれど、はっきりと『デートスポット』と書かれていた。

「閉めるよ」

「あ、すみません」

乗り込むとドアまで閉めてくれた副社長。彼が運転席に回っている間に、もう一度チラッと後ろを見ると、隠し切れていない雑誌が目に入る。

デート雑誌を読み漁っていたという社長の話も本当だったんだ。そう思うとまた心臓が暴れだす。副社長が運転席に座り、彼との距離が近いから余計に。

「行こうか」

「……はい、お願いします」

私がシートベルトを締めたのを確認すると、副社長は車を発進させた。

いつも忙しそうなのに、今日のために仕事を切りつめて、プランまで考えてくれたんだよね？

彼の気持ちが嬉しくて心が温かくなる。初めて男の人とデートするのが、副社長でよかった。今日は楽しい一日になる気がする。

副社長と会ってからずっとドキドキしっぱなしの私を乗せて、彼が車で向かった先は都内の水族館。

そこは家族ではもちろん、歳の離れている早苗の遠足で、仕事で行けない母親に代わり訪れたことがある。休日ということもあって、家族連れやカップルですでに館内は混雑している。

でも水族館って、定番のデートスポットだよね。家族や友達と来る時とは違う。これからふたりで見て回るんだって思うと、わくわくする。

スマートに入館料を支払ってくれた副社長に、お礼を言ってパンフレットを見る。

兄弟が多いから家族で来た時は、まずプランを立てる。効率よくショーを見て回りたいから。副社長はどうなのかな？　順路に沿って見る派かな？

「副社長、どこから回りますか？　それとも、まずはショーを見ましょうか？」

尋ねるものの、答えが返ってこない。

パンフレットから彼に視線を移すと、副社長は入口にある大きな水槽に視線が釘付け。そして優雅に泳ぐ可愛い熱帯魚に、まるで少年のように目を輝かせていた。

初めて見る彼の一面に、ある考えが浮かぶ。

「もしかして副社長……水族館がお好きなのですか？」

思ったままを口にして聞くと、途端に彼は目を伏《ふ》せた。

「いや、好きというか……。実は、水族館に来たのは今日が初めてなんだ」

「え、初めて……ですか？」

信じられなくて聞き返してしまった。

本当なの？　だって水族館って子供の頃、必ず来る場所じゃない？　親子遠足の鉄板コースだし。それに定番のデートスポットだ。これまで付き合ってきた女性とは、一度も訪れたことがないのだろうか。

すると、彼はポツリポツリとその理由を話してくれた。

「幼稚園の時、遠足で行く機会はあったんだが、父さんが急な出張で行けなくなってね。ひとりで参加したくなくて行かなかった」

そうだったんだ……。親子遠足なのに親が来られないんじゃ、そうだよね……ひとりで行きたくなんてないよね。友達は皆、お母さんやお父さんと一緒なのに。

「大人になってからも、来る機会はなかったのですか？　失礼ですが、その……お付き合いなさっていた女性と」

本気で好きになったことがないといっても、女性と付き合った恋愛経験はあるはず。一度くらい来たことないの？

すると、副社長は苦笑いした。

「残念なことに、誰とも長続きしなくてな。仕事終わりに食事に行ったり、買い物など街をぶらつく程度で、こういった休日に定番のデートをしたことが一度もないんだ」

「そうだったんですか……」

じゃあ副社長も初めてなんだ。異性と水族館を訪れるのは。

そう思うと、また胸が苦しくなる。チラッと彼を見ると、また熱帯魚を見て目を輝かせているものだから、思わず笑ってしまった。

副社長、大丈夫かな。熱帯魚でこんなに喜んでいたら、これからどうなっちゃうんだろう。この水族館にはペンギンやイルカ、サメにアシカと水族館のアイドルがたくさんいるのに。

ペンギンたちを目の前にした副社長の反応を見たくなる。それに初めてなら、目一杯楽しんでほしい。

「では副社長。効率よくショーや展示物を見て回りましょう」

「えっ？」

キョトンとする副社長にパンフレットを渡した。

「安心してください。私、ここの水族館には家族で何度も訪れているスペシャリストなんです」

「スペシャリストって……」

ポカンとしたかと思えば、副社長はパンフレットで口を覆い、笑いだした。

笑われてカッとなるも冷静に抗議する。

「本当ですよ？　自分の遠足ではもちろん、早苗のつき添いでも来ていますし、家族でも休日に来たことがあるんです」

「ククク……そっか」

そう言うけれど、いまだに副社長の顔は緩んだまま。

それが面白くなくて、唇《くちびる》を尖《とが》らせてしまう。

「ですので、ここは私にお任せください」

すると副社長は「ではよろしくお願いします」と言いながら、丁寧に頭を下げた。

なんだかバカにされている気がしてならないけれど、初めての水族館を楽しんでほしくて、すぐさまプランを立てて早速回り始めた。

まずやってきたのは、サメの展示スペース。たくさんの種類のサメが大きな水槽の中を優雅に泳ぐ様は、圧巻で視線を奪われる。

けれど急に目が鋭いサメが間近に迫ってきて、副社長は突然声をあげた。

「うわ、びっくりした」

「わっ⁉」

副社長とは違い、私は彼の声に驚いた。

お互いを見ると、彼も私も瞬きを繰り返していて、それがおかしくて笑ってしまった。その後も珍しい深海魚や、可愛らしいペンギンのお散歩ショーを見て笑い合う。

来るまではドキドキしっぱなしだったのに、彼の隣で水族館を見て回るたびに楽しんでいる自分がいた。

「すごいな、展示方法ひとつでこんなにも見方が変わるとは」

「はい。とっても綺麗ですね」

ふたりで視線を奪われていたのは、暗室でたくさんの種類のクラゲがライトアップされているスペース。赤やオレンジ、グリーンやブルーといった色とりどりのライトが、優雅に泳ぐクラゲを幻想的に見せている。ゆったりと泳ぐ姿は見ていて癒《いや》される。

「ずっとここにいたいくらいだ」

そう話す副社長に、クスリと笑ってしまった。

「でも、そろそろイルカのショーが始まる時間ですよ？」

「そうか。……イルカは絶対見たいしな」

腕を組んで本気で悩む姿が可愛くて、ますます頬が緩む。まるで無邪気な早苗と来ている感覚かも。もっと喜ぶ顔が見たいと欲が出る。

「ここの水族館のイルカのショー、圧巻なんですよ！　早く行かないといい席がなくなっちゃいますので、急ぎましょう」

先陣を切ってクラゲの展示スペースを出ようとしたものの、暗闇で段差があることに気づかず、三段しかない階段を踏み外してしまった。

「キャッ」

「危ない！」

倒れる！

そう思ったけれど、横から伸びてきた彼の逞しい腕が私の身体をしっかりと支えてくれて、転倒を免れた。

「大丈夫か？」

「はい、すみませっ……」

咄嗟《とっさ》に横を向いた瞬間、至近距離で彼と目が合い、声を失う。

私の身体には彼の腕がしっかりと回されていて、完全に副社長に体重を預けている状態。そして副社長の温《ぬく》もりを感じ、胸が苦しい。

お互い見つめ合ったまま数秒、微動だにできなくなる。けれどすぐに我に返り、同時にふたりして勢いよく離れた。

「悪い」

「いいえそんな。……すみませんでした」

離れた今も副社長の温もりが残っていて、恥ずかしくて彼をまともに見られない。

でも、それは副社長も同じ。

副社長は早苗みたいなんかじゃない……大人の男性なんだ。だって、私のことを軽々と受け止められちゃうんだから。

当たり前なことなのに急激に意識してしまい、顔が熱い。

すると、間もなくイルカのショーが始まるという館内アナウンスが聞こえてきた。

「行こうか」

「……はい」

先ほどとは打って変わり、ぎこちないながらも肩を並べて会場へと向かっていく。

せっかく楽しんでいたのに、このまま気まずい雰囲気になっちゃったらどうしよう。

そう思っていたけれど、ショーが始まると、イルカが高々とジャンプしたり、トレーナーとやり取りしている様子に視線が釘付けになる。

会場が歓声に包まれるたびに副社長と感想を言い合い、また自然と話せるようになっていった。


「悪い、昼過ぎてしまったな」

「いいえ、大丈夫です。それに楽しかったですから」

「あぁ、俺も」

水族館を出て駐車場へと向かう中、そんなやり取りをしながら笑い合う。

時刻は十二時半。たくさん歩いて笑って楽しんだから、お腹も減ってきた。

「お店、俺が決めてもいいか？」

「はい、お任せします」

副社長が運転する車で向かった先は、オシャレなカフェ。どうやらカップルに人気の店らしく、休日の昼時ということもあって大行列ができていた。

「混んでいるな……」

大行列は予想外だったようで、副社長は戸惑っている。前方のほうで店員が「一時間待ちとなっております」とアナウンスしている。

この列の長さだし、それ以上に待つかもしれない。そうなると、食べるのは十四時を過ぎちゃうよね。

きっと副社長もお腹が減っているだろうし、この状況を申し訳なく思っているかもしれない。せっかく連れてきてくれたカフェだから、ふたりで一緒に入りたいけれど……。

「あの、副社長。近くに美味しいパン屋さんがあるんです。そこでテイクアウトして、お天気もいいですし、公園で食べませんか？」

「公園？」

「はい。私が知っているパン屋の中で、一番美味しいところなんです」

このまま待つより、時間を有意義に過ごしたほうがいいよね。外で食べるのもピクニックみたいで楽しそう。

そう思い彼に提案すると、最初は複雑そうな表情を見せたものの、「そうしようか」と了承してくれてホッと胸を撫で下ろす。

けれど、いざパン屋で飲み物とともにテイクアウトし、近くの緑豊かな公園のベンチに座って食べ始めると……副社長はずっと浮かない表情。

よかれと思って提案しちゃったけれど、副社長、今日のためにいろいろと考えて計画を練ってくれていたんだよね？

そう思うと申し訳なくなる。

こんな時、どんな言葉をかけるべきなんだろう。変に励ますのも違う気がするし……どう言うのが正解なの？

答えがわからず、ひと言ふた言会話をしながら、黙々と食べ進めることしかできない。そんな時、ふと目に入ったのは公園の中央部に位置している大きな池。そこではボートに乗れて、今も何組かのカップルや家族連れが乗って楽しんでいた。

その光景に昔の記憶が蘇《よみがえ》り、懐かしさを感じる。この公園にも、家族で何度か訪れていたから。

「ここ……よく家族で来ていたんです」

「……そうか」

「よくお弁当を作って、芝生《しばふ》でレジャーシートを広げて皆で食べていました。そのあとはバドミントンをしたり、ボールで遊んだり、ボートにも何回か乗ったことがあります」

彼は私の話に耳を傾けてくれている。

副社長はきっと美味しいと有名なカフェに、私を連れていってくれようとしたんだよね。その気持ちはものすごく嬉しいけれど、私はこの公園に来られてよかった。

「久しぶりにこの公園に来ることができて嬉しいです。ここは、思い出がたくさん詰まった場所なので」

だからそんなに気にしないでほしい。それに今日は、副社長とならどこに行っても楽しいと思うから。

私の話を聞き、副社長は安堵した。

「キミの思い出の場所に思いがけず来ることができて、俺のほうこそ嬉しいよ」

そして、また甘いセリフを囁《ささや》く彼に恥ずかしくなる。けれどその後は、ふたりで緑を感じながら、ゆったりとした気持ちで昼食を済ませることができた。

それから副社長が連れていってくれた場所は、こちらも定番のデートコースでもある遊園地。

「え、遊園地には一度しか来たことがないんですか？」

「あぁ。今に比べて昔は会社の規模も小さく、父さんは大きくして軌道に乗せようと忙しかったから」

「そう、だったんですか……」

今の子煩悩な社長からは、想像できない。母親がいない分、水族館もそうだけど、そういった子供が喜ぶようなところへは、副社長が『嫌』と言っても無理やり連れていきそうなのに。

園内を歩きながら、副社長はその理由を話してくれた。

「父さんが俺に対して過保護なのは、昔、一緒に過ごす時間を作れなくて、俺に寂しい思いをさせたと思っているからなんだ。その時間を取り戻そうとしているのかもな」

私を見る彼の瞳は、切なげに大きく揺れていた。

社長のことだ、昔は副社長のためにも会社を大きくしようと、奮闘していたのかもしれない。どうして社長が大人になった副社長のことを、あれほど溺愛しているのか、話を聞いて納得できた。

副社長はどんな思いで幼少期を過ごしてきたのだろう。

私はシステムエンジニアのお父さんこそあまり家にはいなかったけれど、物心ついた頃から弟たちがいて、お母さんはその頃専業主婦だったから、寂しさを感じることは一度もなかった。

私が小学生になってから働き始めたけれど、休みの日はいろいろなところへ連れていってくれて、楽しい思い出しかない。

けれど副社長は違うんだよね。私が当たり前に過ごしてきた幼少期とは違うんだ。

「実は父さんと、一度だけ来たことがある遊園地がここなんだ」

「えっ？」

驚いて声をあげると、副社長は照れ臭そうにハニかんだ。

「思い出の場所に、もう一度キミと一緒に来たかった」

彼の想いに胸がトクンと鳴る。だらしない顔になりそうで、ギュッと唇を噛《か》みしめ彼を見据えた。

「では水族館に続き、遊園地も楽しみましょう。私、ここへもよく家族で来ているので……」

「スペシャリストなんだ？」

私の声を遮《さえぎ》り、したり顔で言われた言葉に、目を丸くさせてしまう。

「案内、頼むよ」

顔を覗き込まれて言われ、一歩後退《あとずさ》りする。

「……はい」

なんか悔しいけれど、返事をすると副社長の表情は柔らかくなった。

彼が楽しみにしているのが伝わってきて、悔しい気持ちなどどこかへ吹き飛ぶ。

それから話をしていると、副社長も絶叫系が好きだとわかり、ふたりして立て続けにジェットコースターや、バイキングなどに乗っていった。

「一度休憩しようか」

「そうですね、ちょっと疲れちゃいましたよね」

さすがに疲れ、どこか休憩できるところを人混みの中で探していると、いつの間にか副社長と距離が離れてしまっていた。慌てて追いつこうと足を速めると、すれ違う人とぶつかる。

「すみません」

お互い謝り、相手は去っていく。

「大丈夫か？」

立ち止まった私に気づいた副社長が、心配して戻ってきた。

「すみません、ちょっと人とぶつかってしまって……。どこか休めるところ、ありましたか？」

今度は人とぶつからないよう、立ち止まったまま周囲を見回していると、彼の大きな手が私の手を包み込んだ。

「――え」

突然のことにびっくりし、副社長を見つめてしまう。

彼は優しく笑った。

「混んできたし、はぐれたら大変だから」

そう言うと私の手を引き、歩きだした副社長。

びっくりして心が追いつかない。けれど繋がれた手からは副社長の温もりが伝わってきて、じわじわと今、彼と手を繋いでいるんだって実感していく。

どうしよう、これ。どうしたらいいの？

歩きながらパニック状態に陥る。

確かに園内はすごく混んでいるし、さっきもはぐれそうになった。

けれど恋愛初心者の私にとっていきなり手を繋ぐ行為は、ハードルが高すぎる。

てんやわんやになりながらも、ふと前を歩く彼を見て目を疑った。だって副社長の耳が、真っ赤に染まっているから。

きっと、私以外の女性とも手を繋いだことがあって、余裕があるはず……そう思っていたのに、もしかして副社長も私と同じ？　いっぱいいっぱいになっているの？

それなのに、こうして手を繋いでくれたんだ。

胸がギュー ッと締めつけられていく。

でも私たち、交際しているんだもの。恋人だったらこんなの普通だよね。それなのにお互い付き合いたての学生カップルみたいに、ドキドキしちゃっているなんて――。

そう思うと、少しずつ気持ちが落ち着いていった。


「ほとんど乗ったし、そろそろ出ようか」

「はい」

休憩後、アトラクションに乗り終わる頃には、すっかり日が落ちていた。園内もカップルや若い友達グループが多くなってきた。

出口に向かいながら、ふと見てしまうのは彼の大きな手。休憩を取ってからは、手を繋いでいない。

今はさほど混んでいないし、繋ぐ理由なんてないけれど……ちょっぴり寂しいと感じる私はおかしい。ただ隣を歩くだけでドキドキしている。

気持ちを落ち着かせるように周囲を見回すと、ある人物が視界に飛び込んできた。

「――え」

思わず足が止まり、目を凝《こ》らして見ると……やはり見間違いじゃない。

少し離れた場所で友達数人と、キャッキャと楽しそうにはしゃいでいたのは堀内さんだった。

嘘でしょ、どうしてここに堀内さんが？　まさか会社の人と出くわすとは夢にも思わず、テンパる。

「どうかした？」

「あ、いえ、その……」

私の異変に気づいた副社長に声をかけられても、視線は堀内さんを捕らえたまま。

こんなにたくさん人がいるし、見つかるわけはないと思うけれど、なんせ一緒にいるのは副社長だ。身長が高くて見た目もいい彼は、何かと目立つ。ここにいたらバレるのも、時間の問題かもしれない。だったらこの場から早く離れないと。

「すみません、副社長。少々走ってください」

「走る？」

小首を傾げる彼に説明している間に、気づかれたら大変だ。無我夢中で彼の手を取り、走りだした。

「あ、おいどうした⁉」

「すみません、説明はあとでしますので」

とにかく、今は早くこの場から立ち去らないと。その一心で出口ゲートを抜けた。

うん、ここまで来ればもう見つかることはないよね。堀内さんたち、まだ帰る雰囲気ではなかったし。

足を止め、ホッと胸を撫で下ろすものの、勢いあまって副社長の手を自ら握っていた事実に気づき、急いで彼の手を離した。

「失礼しました！　勝手に手を繋いでしまいっ……！」

すぐに謝るものの、真正面に捕らえた彼は顔も耳も真っ赤になっていて、目が点になる。

もしかしてさっき彼から繋いでくれた時も、耳だけじゃなくて顔も真っ赤だったのかな。いつも会社では冷静沈着で、怖いとまで言われるほど無表情なのに……。

そう思うと、私まで伝染するかのように顔が熱くなってうつむいた。

「……すみません」

そしてまた謝罪の言葉を繰り返すと、彼も照れ臭そうに「いや……」と漏らした。

どれくらいの時間、沈黙のまま立ち尽くしていただろうか。先に口を開いたのは彼だった。

「どうして逃げたんだ?」

「あっ……。それはあの、堀内さんがいまして……」

たどたどしい口調で理由を話すと、副社長は驚いたあと、顔をしかめた。

「そうか……。だがこうしてふたりで外出するたびに、周囲の目を気にするのはどうだろうか」

「それは……」

彼に投げかけられた疑問に、言葉が続かない。

副社長は今後、休日に外出したり仕事終わりに食事に行きたいと言っていた。私もそれを了承したのに、何言ってるんだって話だよね。

けれど彼は会社の副社長という立場で、なおかつ女性社員にも人気がある。ただでさえ社長秘書として何かと目立つ立場にいるのに、副社長と休日デートしているところを見られたら、あらぬ噂を立てられそうで怖い。

私……恋をしてみたい気持ちを大切にしたくて、こうして彼と付き合う道を選んだけれど、そのあとのことは何も考えていなかった。私が副社長に釣り合うわけがない、身分違いだって理解していたのに……。

初めて恋人と呼べる存在ができたことに浮かれ、今日があまりに楽しすぎて忘れていた。堀内さんを見かけて一気に現実に引き戻されたよ。たとえ私が副社長に恋したとしても、この関係は永遠には続かないものなのかもしれない。

社長だって今は寛大でいてくれているけれど、時期が来たら、もっと彼と見合う女性のほうがいい……と思うかもしれない。そうなった時、私は身を引くべきだ。

――でも、今だけはいいかな？　副社長と過ごす時間を大切にしても。何もかも忘れて、恋愛を楽しんでもいい？

彼を見つめると、副社長も私をまっすぐ見つめていて胸が高鳴る。今日一日だけで終わりにしたくない。もっと彼のことを知りたいから。

「あの……私たちのこと、会社の人たちには社長以外には秘密にしていただけませんか？」

いつか終わりが来るかもしれない。その日に備えて、彼との関係は秘密にしておいたほうがいい。

彼は渋い顔をしながらも、「わかった、キミがそれを望むなら」と了承してくれた。

「ありがとうございます」

よかった、わかってくれて。彼との未来に永遠なんて約束はないんだ。だからこれでいい。

その後、副社長が予約してくれていたレストランで、夜景を見ながら美味しい料理をいただいた。

その際もいろいろな話をし、今日一日で彼のことをたくさん知ることができた。

幼少期のこと、恥ずかしいと顔や耳を真っ赤に染めること、笑顔が少年みたいに可愛いところ。そして社長に対する思いと、会社に対する思いも話してくれた。

「父さんはあんなだけど、心から尊敬しているんだ。……父さんのあとを継いでも恥ずかしくない人間になりたいと思っている。それに、今まで以上に会社を大きくして、全従業員が働きやすい環境をもっと整えていきたい」

仕事に対する熱い思いに胸を打たれた。それと同時に、もっと副社長のことを知りたいと願ってしまったんだ。

楽しい時間はあっという間に過ぎていき、彼が運転する車で自宅前まで送り届けてもらった頃には、二十二時半を回っていた。

「今日はありがとうございました。運転していただいたり、ごちそうしていただいたり……」

今日一日で、副社長にたくさんお金を使わせてしまった。

「気にしないでほしい。俺が誘ったんだから」

「副社長……」

シートベルトを外してお礼を言ったのだから、もう車から降りるべきなのに、なかなか降りられない。だって、もう少しだけ副社長と一緒にいたいから。

手にしていたバッグを持つ手を強めると、彼がボソッと漏らした。

「今日一日が夢のように楽しかったから、やはり別れにくいな」

「——え？」

同じことを考えていた私は驚き、ジッと彼を見つめてしまう。

すると副社長は照れ臭そうに、首の後ろに手を当てた。

「またこうしてふたりで休日に出かけたり、食事に行ってくれるだろうか？」

——もう、どうして副社長はいちいち私をときめかすのだろうか。

「副社長、私たち交際しているのですよね？　でしたら休日に出かけるのも、食事に行くのも、聞くまでもなく当たり前のことだと思うのですが」

聞かれて嬉しいくせに、恥ずかしくて素直に『はい』と言えない自分が恨めしい。

けれど可愛げのない伝え方でも、彼は嬉しそうに笑うものだから、私の胸はまた苦しくなる。

今日一日で、何回ドキドキした？　数え切れないほどしたよね。

それから彼の車を見送り家に入ると、冷やかしてくる家族から逃れるように、お風呂に入った。浴槽に浸かりながら考えてしまうのは、副社長のことばかり。

今日一日のことを思い出しては顔がニヤけたり、恥ずかしくなって水音をたてて足をバタつかせたり。

今日感じた気持ちが、もしかしたら人を好きになる前兆なのかもしれない。

副社長とはこの先、どうなるかわからない。でもその日までは、彼と初めての恋をして、幸せに浸ってもいいよね？　今は彼に対する気持ちを、大切にしたいから。

『正しい合鍵《あいかぎ》使用のススメ』

午後から始まった開発企画会議は延びに延び、予定していた時間より一時間オーバーして終了した。

会議室の隅で私も参加していたけれど、途中から社長は時間を気にされていた。それもそのはず、今夜は取引先との会食が控えていたから。

「よかったよ、無事にまとまり終わってくれて。どうにか間に合いそうだ」

社長室で私が作成した取引先のデータを見ながら、安堵する社長。

「しかし時間にさほど余裕はございません。申し訳ありませんが、あと二十分後には会社を出ないと間に合わなくなります」

「あぁ、わかっている。キミが作成してくれた資料は車内で見ることにするよ」

「ありがとうございます。では、私も準備をしてまいります」

今日の会食には、私も同席する予定となっている。身だしなみを整え、失礼のないようにしないと。

オフィスに戻ろうとすると、なぜか社長は私を呼び止めた。

「あ、井上くん」

「はい、なんでしょうか？」

すぐに足を止めて振り返ると、社長は顔をホクホクさせながら人差し指を立てた。

「キミは今日定時で上がってくれていいから」

「えっ？　しかし会食は……」

戸惑う私に、社長は嬉しそうに言う。

「会食は私ひとりで行くからいい。だから今夜は、廉二郎とゆっくり食事でもしてきなさい」

「しょ、食事って……」

驚き、声がどもる。

そんな私に、社長は続けた。

「会議前に廉二郎から連絡があってね。今日、仕事が早く終わりそうだからキミを食事に誘いたいと思ったらしく、甲斐甲斐《かいがい》しく井上くんの予定を聞かれては、キミを会食に連れていくわけにはいかないだろう」

「しかしっ……！」

社長のご厚意はありがたいけれど、仕事は仕事だ。

それはきっと、副社長もわかっているはず。

それなのに、社長はニヤニヤしながら言う。

「いいからいいから！　それに正直、今夜の会食にキミを同伴させるか迷っていたんだ。彼とはふたりっきりで腹を割って話したほうがいいと思っていたからね。だから気にすることなく、廉二郎との食事を楽しんでくるといい。……会うのは久しぶりなんだろう？」

どうやら私と副社長の動向を、社長はしっかり把握されているようだ。

副社長とデートした日から、一ヵ月が過ぎた。その間、一度だけ休日に人目につきにくい映画を見に行った。それと仕事帰りに食事も。でもここ二週間は会えていない。というのも副社長も私も忙しく、なかなか予定が合わなかったから。

けれど会社以外で二回会って、メールでやり取りをして。私は副社長の新たな一面を知るたびに、胸をときめかされていた。だから正直、社長の厚意は嬉しいけれど……本当にいいのだろうか。

不安になり、「本当によろしいのでしょうか？　先方に失礼ではないですか？」と尋ねると、社長は気にすることないと言わんばかりに笑いながら言った。

「大丈夫。向こうにも、秘書同伴はナシにしようと伝えてあるしな」

向こうの秘書も欠席なら大丈夫なのかな。

そんなことを考えていると、社長はメモ紙に何か書くと、私に渡した。

「だからキミは気にせず、廉二郎と食事を楽しんでくるといい。ここを予約しておいたから」

受け取って見ると、老舗《しにせ》料亭の店名が書かれていた。

迷いが生じるも、社長が取引先の社長と腹を割って話したいというのなら、同席しないほうがいいよね。

「すみません、ありがとうございます」

社長の厚意を素直に受け取ったものの、こうして店まで予約してもらい、申し訳なくなる。

頭を下げると、社長はまた笑いだした。

「なーに、これくらいお安い御用だ。これで孫を抱ける日が、一歩近づくことになるだろうしな」

ニマニマしながら飛躍しすぎな話をする社長に、きっぱりと伝えた。「社長、暴走しすぎです」と。

けれど社長は「そんな日が来るのも、そう遠くはないだろ?」なんて言いながら、男の子が生まれたら一緒に野球をして、女の子が生まれたら可愛い服をたくさん買ってやるんだと夢を語りだしてしまい……。

社長が出かけるまで聞かされていた私は、ただ苦笑いするばかりだった。

会食に向かう社長を見送ったあと、事務作業を終えて定時で上がると、副社長からメッセージが届いた。【地下駐車場で待っている】と。

久しぶりに副社長と会えると思うと緊張するけれど、それ以上に早く会いたい気持ちが強い。

この一ヵ月、社長や家族から副社長とのことを聞かれても、ごまかしてばかりだった。まだ彼に対する思いが恋愛感情なのか確信を持てずにいたから。けれどこうして会う回数を重ねていけば、確かな気持ちになるのかな。

はやる気持ちを抑えて、誰もいないことを確認しながら地下駐車場へ向かうと、見慣れた車の運転席には人影が。

歩くスピードを速めて車へ向かい、ドキドキしながら助手席を覗き込むと、私には気づかず、何やら副社長は難しい顔をしてタブレットと睨《にら》めっこしていた。そして次にスマホを取り出し、どこかへ電話をかけ始めた。

会議では彼と同席することもあり、会議中の様子を見ることはあるけれど、副社長が仕事をしているところは初めて間近で見た。凛々《りり》しくてカッコいい。——素直にそう感じる。

幸い、車通勤している社員は少なく、駐車場に人の気配はない。電話を終えるまで待っていると、副社長と目が合い、彼が面白いほどびっくりしたものだからペコリと頭を下げながらも、笑ってしまった。

少しすると電話を切り、副社長は乗るよう手招きしてきた。それがなんだか私のツボに入り、胸をキュンとさせながら乗り込むと、副社長はすぐにエンジンをかけて車を発進させた。

「すまなかった、誰に見られるかわからない駐車場で待ち合わせてしまい」

「あ、いいえ。それに誰もいませんでしたから大丈夫です」

交際を秘密にしてほしいとの願いを、彼は忠実に守ってくれている。

「それに気づかずに待たせてしまい、悪かった。……ありがとう、電話が終わるまで待っていてくれて」

ちょうど信号は赤に変わり、彼は私を見ながら優しい笑みをこぼす。

運転席と助手席という至近距離で見せられた笑顔に、やっぱり私の心臓は暴れだし、「いいえ……」と言うだけで精一杯だった。

それから社長が予約してくれていた料亭に着くと、美味しそうな料理が次々と運ばれてきた。

会うのは二週間ぶり。お互いの仕事の話などをしていると、彼から思いがけない言葉が飛び出た。

「実は、来週からひとり暮らしを始めるんだ」

「え……ひとり暮らし、ですか？」

「あぁ」

突然の話にびっくり。

じゃあもしかしてここ最近、副社長が忙しかったのは引っ越しの準備を進めていたからなの？

「父さんに『寂しいから』と止められていたから、ズルズルと実家暮らしを続けていたんだが、この歳になっても実家暮らしでは、自立しているとは言えないとずっと思っていたんだ。だからキミとの交際を機に、思い切って始めようと決めたんだ。父さんも認めてくれたしな」

「そうなんですか」

『自立』という言葉を聞き、他人事《ひとごと》とは思えない話に箸が止まる。

友人たちは高校卒業や大学卒業を機に、実家を出てひとり暮らしをする子が多かった。今は結婚し、子供がいる子もいる。

それなのに自分は実家暮らし。もちろん早苗たちの面倒を見る仕事はあるものの、ひとつ下の弟、隼人は早々と自立し、ひとりで暮らしている。

本当はずっと思っていた、いつまでもこのままではいけないと。家族として助け合うことは一緒に住んでいなくてもできることだと。

けれど長年家族と暮らしてきたから、いざひとりで暮らすことを考えると寂しくなって、今もズルズルと実家で暮らしちゃっている。

ダメだよね、もう二十八歳になるのにこのままでは。

グルグルとそんなことを考えていると、口を結んだ私を見て、不思議そうな顔をした副社長に声をかけられた。

「どうかした?」

「あ、いいえ」

ハッとし、再び箸を進める。すると副社長は私の様子を窺いながら、どこか落ち着かない様子で話し始めた。

「それともうひとつ、ひとり暮らしを始めようと思った理由があって……」

「え、もうひとつ……ですか？」

再び箸を止めて首を傾げると、彼は頬を赤らめた。

「初めてふたりで出かけた時にキミが言っていただろ？　……俺との交際を会社では秘密にしてほしいと。なら人目を気にして外出するより、家でゆっくり映画を見たり、食事をしたりするほうが、もっとお互いのことを知れると思ったんだ」

嘘……そんなことまで考えてくれていたの？

思いがけないもうひとつの理由に、伝染するかのように私まで赤面してしまう。

お互い照れ臭くなる中、副社長はポケットから鍵を取り出した。

「キミなら、いつでも来てくれていい」

テーブルの上に置かれた鍵を、まじまじと眺めてしまう。

「この合鍵は、キミに持っていてほしいんだ」

「副社長……」

おずおずと鍵を手にすると、彼は安心したように肩を落とした。その姿に鍵を握りしめ、胸がいっぱいになる。

「えっと……ありがとうございます」

「いや、こちらこそ」

なぜかお礼を言ってしまったけれど、副社長も丁寧にそれに答えたものだから、お互い顔を見合わせて笑ってしまった。

「合鍵……か」

その日の夜、自分の部屋で手にして眺めていたのはもらった合鍵。副社長は『いつでも来てくれていい』って言っていたけれど、そんな気軽に行けないよね。

でもこの鍵があれば、本当にいつでも会いに行けるんだと思うと、幸せな気持ちに包まれる。

通勤バッグの中から取り出したのはキーケース。新しく増えた鍵を見ていると胸の奥がむず痒くなる。

副社長と付き合いだしてから、初めて経験することばかり。こうやって人は誰かを好きになっていくのかな。もしそうなら、恋愛ってとっても幸せなことだよね。この先もこんな風に小さな幸せから大きな幸せを積み重ねて、彼への想いを確かなものにしていきたい。

そう願わずにはいられなかった。

会社では副社長とすれ違うことがあっても、彼はほかの社員に対するのと同様に、私にも冷たい。付き合ってからも、挨拶をしても『あぁ』のひと言だけ。

けれど朝と夜、必ずメールを送ってくれる。時間がある時は電話をくれて、他愛《たわい》ない話をする。

一緒に過ごす時間を重ねるたびに、彼との距離が近づいている気がする。そう、思っていたんだけど……。


「今日も来ていない」

副社長がひとり暮らしを始めてから、一度も会うことなく三週間が過ぎた。

ある日の昼休み、オフィスでスマホを確認しても、副社長からの【おはよう】メッセージが届いていない。

副社長がひとり暮らしを始めてから、欠かさずに送ってくれていた【おはよう】と【おやすみ】の連絡が、最近は途切れがちだ。

近頃の副社長は疲れ切っているようで、心なしかやつれているようにも見える。

だから仕事が忙しいだけかもしれない。だったら心配だけれど、自分から連絡をしないほうがいいよねと思いながらも、気になって仕方がなかった。

オフィスの自分の席で、スマホを眺めたまま自然と漏れたため息。その様子を見ていた堀内さんが、心配して声をかけてくれた。

「日葵先輩、どうしたんですか？　ため息なんてついちゃって。……あ、もしかしてまた社長に振り回されているんじゃないですか？」

「ううん、そうじゃないの。ちょっと……」

スマホをしまい、心配かけないように笑顔で伝えたものの、彼女は渋い顔のまま。

「本当ですか？　あまり無理しないでくださいね」

「うん、ありがとう」

すると、堀内さんはえくぼを浮かべて喜び、「いつでもグチッてくださいね！　日葵先輩ならウエルカムですから！」と言い、自分のデスクへ戻っていった。

可愛い後輩の後ろ姿にクスリと笑みをこぼしながら、再び眺めるのはスマホ。

少ししか時間は経っていないけれど、またメッセージが届いていないかチェックしてしまう。けれどやっぱり来ていなくて、落胆を隠せない。

どうしよう、私から連絡してみるべき？　でもなんて送ればいいの？　本当に仕事が忙しいだけだったら、かえって迷惑になるだけだよね。

ふと堀内さんを見つめ、彼女に副社長のことを聞こうかと思ったけれど、すぐに首を横に振る。

急に副社長の最近の様子を聞いたら、変に思われるだろうし。

そろそろ社長に同行して外出する予定になっている。気持ちを入れ替えて、手土産《てみやげ》のチェックなど準備に取りかかった。


数日後の早朝、誰もいないオフィス。

バッグの中に入っている貴重品を鍵がかけられる引き出しにしまっていると、キーケースが手から滑り落ちた。

「あ……」

すぐに拾い上げるものの、チャリンと鍵同士がぶつかる音が響き、キーケースを見つめてしまう。

一度も使ったことがない、副社長が住むマンションの鍵。

副社長……『いつでも来てくれていい』って言ってくれたよね。ずっと邪魔したら、迷惑かけたら……って思いで連絡も控えてきたし、合鍵を使って会いに行こうだなんて一度も考えたことがなかった。

でも、合鍵を使う時って今じゃないのかな？　だって副社長、見かけるたびに疲れていて、体調が心配だもの。

合鍵を持っている恋人なら、こういう時こそ使って何か美味しい物を作ってあげたりするべきだよね？　それに今のままじゃ、ずっとモヤモヤしたままだもの。

「……よし！」

誰もいないオフィスで、思い切ってメッセージ文を打ち込んでいく。

【おはようございます。今日、仕事が早く終わりそうなので、お部屋にお邪魔してもよろしいでしょうか？　よろしかったら、夕食を作らせてください】

考えに考え、震える手で送信ボタンを押した。

「気づいてくれるかな」

今朝はまだ彼から【おはよう】が来ていない。

少しの間待っていたけれど、そろそろ社長室の掃除に取りかからないといけない時間。

返信は昼休みに確認しようと引き出しにしまおうとした時、スマホが震えた。画面には、副社長からの新着メッセージありの文字。

「来た……」

緊張しながら恐る恐る見ると、そこには【悪いが、家には来ないでほしい】という文字が。

「え……嘘」

家には来ないでほしいって……。

スマホを握りしめたまま愕然《がくぜん》とする。

「あ、返信、しないと……」

震える手で【わかりました】と返信するものの、動揺を隠せない。

どういう意味で副社長は、このメッセージを送ってきたんだろう。今日は仕事が終わらなくて、帰りが遅くなるから？　それとも、私には来てほしくないから？

怖くて理由なんて聞けない。

スマホを乱暴に引き出しにしまい、社長室に向かうものの、心臓はバクバク鳴ったまま。

自分から送らなければよかった。合鍵をもらったからって、調子に乗りすぎた。家に行ってもいいですかなんて、聞かなければよかった。

社長室前に着き、ドアを開けようとしたけれど、その手はまだ震えていて両手をギュッと握りしめた。

何やっているのよ、私は社長の第一秘書なのよ？　彼から送られてきたメッセージひとつで、仕事に支障をきたすわけにはいかない。

頭の中からさっきのメッセージ文を追い出し、ドアを開けて朝の掃除に取りかかった。

気を張って一日を過ごし、仕事終わりにスーパーに寄ってから自宅に向かう帰り道。再び見てしまうのは、彼から送られてきたメッセージ。

見れば見るほど、ある思いが頭をよぎる。

もしかしたら私、副社長に嫌われちゃったのかも。だってあれほど毎日メッセージを欠かさず送ってくれていたのに、最近では途絶え途絶え。仕事終わりの食事はもちろん、休日に出かけようとも誘われてもいない。

でもよく考えたら、彼のことが好きかどうかもわからないのに、付き合っていること自体、おかしな話だよね。

それに彼との関係は、永遠に続かない可能性が大きい。だったら副社長に嫌われて、今の関係が終わったってなんら問題はないはず。それなのに私の胸は痛むばかり。

私……副社長に嫌われるのが嫌なんだ。最初はあれほど彼の気持ちはあり得ない、勘違いに決まっていると思っていたのに、今はそんなこと思えない。だって私にとって彼は、〝勤めている会社の副社長〟というだけの存在じゃなくなっているから。

その日から私は、スマホが鳴るたびに怯えていた。副社長から【別れてほしい】と連絡が来たらどうしようかと。

不安な日々を過ごして三日後。

この日も朝、出勤したあと気持ちを切り替え、業務に当たっていた。

今日の就業時間も残り三十分。

このあと、社長に予定は入っていないし、私も残業しなくて済みそうだ。ここ最近、副社長のことを考えないようにと一心不乱に仕事をしていたから、予定していたより早いペースで仕事を終えられている。今週いっぱいは残業することもなさそう。

そんなことを考えながら社長の今後のスケジュールを確認していると、内線が鳴った。

すぐに出ると、電話越しからは社長の焦った声が聞こえてきた。

『井上くん、悪い。すぐにこちらへ来てくれないか』

「え、あっ……」

一方的に言うと、社長は『待っている』と言い残し、内線を切ってしまった。

受話器を戻して立ち上がったものの、社長の焦った声に不安を覚える。何か大きな問題でも起こったのだろうか。

緊張しながら社長室に向かい、ドアをノックすると、すぐに「入ってくれ」という声が返ってきた。

「失礼します」

いつものように断りを入れてから室内に足を踏み入れると、社長は神妙な面持ちで私を出迎えた。

「社長、どうされましたか?」

彼のデスクの前まで足を進めると、社長はまっすぐ私を見据えた。

「井上くん……折り入って頼みたいことがあるんだ」

「はい、なんでしょうか」

深刻な表情の社長に、身体中に緊張が走る。やはり、何かトラブルでも起こったのだろうか。

そんな私の思いとは裏腹に、社長は予想外のことをお願いしてきた。

「廉二郎が体調を崩して早退したんだ」

「――え、副社長がですか?」

驚き声をあげると、社長は大きく頷いた。

「あぁ、ついさっきだ。……井上くん、様子を見に行ってきてくれないだろうか」

やっぱり副社長、体調崩していたんだ。早退するほどだもの、よほど悪いに違いない。心配だけど、でも……。

「すみません、今日はこのあと、予定がございまして……」

本当はそんな予定などないけれど、副社長に『家には来ないでほしい』と言われた手前、行けるわけがない。

断ったものの、社長は引き下がらなかった。

「そこをなんとかお願いできないだろうか。少しの時間でもいいから、見に行ってほしい」

社長は切羽詰まった表情で懇願すると、戸惑う私に続ける。

「本当は私が行きたいところだが、廉二郎に何があってもひとりで頑張りたいから、手出ししないでほしいと言われていてね。それに私が行くより、キミに来てもらったほうが廉二郎も嬉しいだろう」

「社長……」

そう言われてしまうと、断りづらくなる。

「どうだろうか。顔を見に行ってくれるだけでいいんだ。お願いできないだろうか」

社長に何度も頼まれ、心は大きく揺れる。

『来ないでほしい』と言われたけれど、本音を言えば副社長のことが心配でたまらない。だから勇気を出して自分から連絡をしたのだから。

社長に言われたからって言えば、会ってくれるかな。……少しでもいいから顔が見たい。大丈夫だって安心したい。

その思いで了承し、喜ぶ社長から副社長がひとり暮らししているマンションの住所を伺い、定時で上がった。


「ここ……だよね？」

住所通りの場所に着いたものの、社長に書いてもらったメモ紙と、目の前にそびえ立つ高層マンションを交互に見てしまう。

地上……三十階はゆうに超えているよね？　さすがは副社長。住むところも私とはレベルが違いすぎる。

しばし呆然と立ち尽くしていると、通行人から不審な目で見られてしまい、慌てて顔を伏せてそそくさとマンションのエントランスへと向かっていく。

けれど、そこにはさらに驚きの光景が広がっていた。

全面大理石の床のエントランスには、高級感漂うソファ席があり、ゆっくり寛《くつろ》げる空間となっている。

さらにそこにはカウンターがあり、テレビでしか見たことがないコンシェルジュがいて住民の対応に当たっていた。カルチャーショックを受けていると、私に気づいたコンシェルジュに声をかけられた。

「いかがなさいましたでしょうか？」

「あっ……すみません、えっと……」

カウンターに歩み寄り、副社長の名前と社長に教えてもらった部屋番号を伝えると、コンシェルジュは副社長に連絡を取ってくれた。

少しして奥のエレベーターからお上がりくださいと伝えられ、言われるがまま乗り込み、副社長の住む部屋がある二十八階のボタンを押すと、エレベーターは静かに上がっていく。

案内されたんだもの、副社長……会ってくれるんだよね？『お帰りください』と言われたらどうしようと思っていたから、通してもらえてホッとした。

二十八階に着き、副社長の部屋の前に着いたものの、なかなかインターホンを押せない。

彼と会うのは久しぶり。それに、【家には来ないでほしい】と言われたのに来てしまった。会うのが怖いし、どんな顔をして会えばいいのかわからない。

会って何を話せばいい？

わからないことだらけで、このまま帰りたい衝動に駆られる。――でも、思い出すのはここ最近、会社で見かけていた副社長のこと。

ずっと具合が悪そうだった。それが心配で気になって仕方がなかった。だからひと目でもいいから顔を見たい。

大きく胸を高鳴らせながら、思い切ってインターホンを押した。

押したけど……ど、どうしよう。副社長、ドアを開けてくれるよね？

自分で押したくせにあたふたしていると、ガチャッとドアが開いた。

姿を見せたのは、Tシャツにハーフパンツというラフなスタイルの副社長。けれど熱があるのか、顔が赤い。

「あっ……あの」

声を絞り出すも、言葉が続かない。なんて言えばいいんだろう。

すると副社長は顔を伏せ、私を家に招き入れることなく、冷めた声で言った。

「帰ってほしい」

目も合わさず、放たれたひと言にショックを受ける。

やっぱり副社長は、家に来てほしくなかったんだ。……そう、だよね、実際にメールで言われたじゃない。けれど本人の口から言われると、余計にショックが大きい。

泣きそうになり、すぐにこの場を立ち去ろうとしたけれど、副社長は無理しているのか、ドアにもたれかかり、立っているのがやっと。足元を見ると、少し震えている。

ダメだ、『帰ってほしい』と言われたけれど、こんなに体調の悪い副社長を残して帰れるわけないよ。

自分を奮い立たせ、副社長と対峙《たいじ》した。

「申し訳ありませんが副社長、私は社長に頼まれて訪ねてまいりました。なので、私には副社長を看病する義務がございます」

「な、に言って――」

「失礼します」

声を遮り、副社長の身体を押しのけて上がり込む。

止められそうになるも、フラフラな彼に私を捕らえることはできない。

パンプスを脱ぎ、スタスタと廊下を抜けていく。

「待ってくれ」

背後から副社長の声が聞こえてきたけれど、止まることなくリビングダイニングへ足を踏み入れた。

「え……」

けれど、広々とした二十畳ほどの室内を見て呆然とする。部屋中、引っ越してきたばかりとは思えないほど、荒れ果てていたのだから。

遅れて入ってきた副社長は、立ち尽くす私を見て大きなため息を漏らしながら、その場にしゃがみ込んだ。

「だからキミに来てほしくなかったんだ」

「え？　どういう意味ですか？」

ポツリと呟いた彼に問うと、副社長はゆっくりと立ち上がり、バツが悪そうな顔を見せた。

「仕事と同じように、自分の身の回りのことくらい簡単にできると思っていたんだ。しかし思いの外《ほか》、掃除や料理が難しく、この有り様だ」

肩を落とす副社長を横目に、もう一度部屋の中を見回す。

二十畳ほどの広いリビングは、シックな家具で統一されていてオシャレなのに、物が散乱している。中央に置かれている高級そうなソファの上には洗濯物が置きっぱなし。次にキッチンへ目を向けると、遠目からでもシンクには鍋やフライパン、食器などの山が見える。

　廊下にいくつかドアがあったから、ほかにも部屋があるんだろうけれど、もしかしてそこも同じ状況なのだろうか。

「ゴミの分別もよくわからず、気づいたらゴミの日に出すのを忘れてばかり。仕事をしながら家事をしようと思っても、なかなかできず……情けない」

　本気で落ち込む副社長に、ある思いが頭をよぎる。

「この部屋を見られたくなかったから、私に来るなとおっしゃったのですか？」

　様子を窺いながら尋ねると、彼は目を泳がせ、「あぁ」と決まり悪そうに返事した。

「ここ最近、メールに返信してくれなかったのは家のことをやっていたからですか？」

　再び尋ねると、副社長はガシガシと頭をかき、やけくそぎみに言った。

「あぁ、そうだ。キミにいいところを見せたくて、掃除の行き届いた部屋に招待し、美味しい料理でもてなしたかった。なのに現実はうまくいかない。どうにかしようと夜遅くまで頑張ってみたが、ますます部屋は荒れるばかり。……夢中になるあまり、キミに連絡するのも忘れてしまい、何もかもうまくいかず、不甲斐ない自分に嫌気が差す」

「副社長……」

何それ、そんな理由で連絡が途絶え、家に来ないでほしいって言っていたの？

彼はおぼつかない足取りでソファに向かい、洗濯物をどかしてだるそうに腰を下ろした。

「送ることができずに申し訳ないが、今日は帰ってくれるか？　キミにみっともないところを見られて余計に体調が悪くなった。……待ってろ、今タクシーを呼ぶから」

つらそうに立ち上がり、リビングを出て寝室へスマホを取りに行こうとする副社長。

その姿を見たら、身体が勝手に動いていた。

「副社長、タクシーは結構です。そのまま寝室でお休みください」

「え？」

彼の背中を押しながら廊下に出て、「失礼します」と断りを入れて寝室に入った。

リビングとは違い、寝室はベッド以外に何もなく、綺麗な状態が保たれている。

「あ、おい」

戸惑う副社長を無理やりベッドに寝かせ、目を瞬かせる彼に問う。

「副社長、お腹は空いていますか？」

「あ、あぁ……少し」

動揺しながら答えた彼に、仕事の時のようにスラスラと言葉を並べていった。

「では勝手ながらキッチンを拝借させていただき、何か作らせていただきます。それとお部屋のお掃除もさせていただいてもよろしいでしょうか？」

「いや、キミにそんなことをさせるわけにはいかない。父さんには俺から言っておくから」

咄嗟に起き上がろうとした副社長を、すぐさま止めた。

「いいえ、させていただきます！　……社長に頼まれて来たのもありますが、何より私は副社長の彼女です‼　副社長の身の回りのことをしても、なんら問題ないのではありませんか？」

感情の赴《おもむ》くまま口走ると、彼は目を大きく見開いた。

けれど一番驚いているのは私。自分から『副社長の彼女です』なんて、言うとは思わなかった。

でも、私と副社長は付き合っているんですよね？　恋人同士なのですよね？　だったら心配するのは当然だし、身の回りのことをしたいと思うのも、当たり前な感情ではないのですか？　それなのに、みっともないところを見られるのが嫌で、避けられていたなんて――。

そんなことで私が幻滅するとでも思ったの？　家事ができないことで幻滅するくら

いなら、いきなり結婚を申し込まれた時点で、奇想天外な言動に幻滅している。あなたと恋愛をしてみたいと決めた私の決心を、甘く見ないでほしい。

沸々と怒りが込み上げ、彼の肩までしっかりと布団をかけた。

「料理ができるまで、副社長はお休みになっていてください」

彼を見ることなく寝室をあとにし、そのままドアに寄りかかり、自分の胸に手を当てた。

自分の行動力に驚きを隠せない。

でも放っておけないよ。それにこんな部屋で過ごしていたら、いつまで経っても体調はよくならない気がするから。何より私は、副社長の彼女なのだから。

「……よし」

気持ちをリセットして、キッチンの片づけから取りかかった。

その後、冷蔵庫に入っていた卵とネギを使い、お粥《かゆ》を作る。快適に暮らせる程度に片づけをし、でき上がったお粥を持って寝室に入ると、気づいた副社長はゆっくりと起き上がった。

「悪い……寝てた」

「いいえ、むしろ寝ていてくださってよかったです。どうですか？　食べられそうですか？」

尋ねると、彼は照れ臭そうに頷いた。

「……あぁ」

やっぱりほんのりと頬や耳を赤く染める彼の姿に、自然と笑みがこぼれる。

「どうしますか？　こちらで食べますか？　それともリビングまで行けそうですか？」

まだ体調が悪いと思って寝室まで持ってきたけれど、先ほどより顔色もいい。寝室で食べるのは嫌かもしれないと思い尋ねると、彼はベッドから下りた。

「リビングまで行くよ」

「わかりました」

先に寝室を出てお粥と茶碗、蓮華《れんげ》をテーブルに並べると、副社長は席に着き、手を合わせて食べ始めた。

私も彼と向かい合うかたちで座り、様子を窺う。

「……いかがでしょうか？　お口に合いますか？」

これまで兄弟たちが風邪をひくたびに、何度もお粥を作ってきた。兄弟たちには好評だったけれど、副社長にはどうかな。……美味しく食べてもらえるだろうか。

ドキドキしながら彼が食べるところを眺めていると、副社長は笑みをこぼした。

「美味しい」

ポツリと漏れた言葉に安堵する。

「副社長のお口に合ってよかったです」

「キミが作ってくれたから、特別に美味《うま》い」

微笑みながら褒める彼に、照れていたたまれなくなる。

「ありがとうございます。……あ、飲み物、持ってきますね」

慌てて席を立ち、冷蔵庫に入っていたミネラルウォーターを手に取り、一度心臓を落ち着かせようと大きく深呼吸をした。

副社長ってば褒めすぎ。作ったのは誰でも簡単にできるお粥なのに。

そう思っているくせに、彼に褒められて嬉しい自分もいる。現に、唇の端は上がるばかり。

ダメだ、だらしない顔になっちゃう。引きしめないと。頬に手を当てて口をキュッと結び、リビングへ戻っていった。

「ごちそうさまでした。……すごく美味しかった」

彼の満足げな顔を見て、私も心底ホッとした。

「それはよかったです」

あれから副社長はお粥をすべて完食し、丁寧に両手を合わせた。けれど次の瞬間、彼は悲しげに言う。

「キミはすごいな。仕事もデキて、家のこともし、兄弟の面倒も見て料理までできる。それに比べて俺は情けない」

本気で落ち込む彼を目の前にし、私はたまらず声をあげた。

「最初からなんでも完璧にできる人間など、いないのではないでしょうか？」

「え？」

驚き、私をジッと見つめる彼に、自分の思いを吐露した。

「私も最初は失敗ばかりでした。料理など、食べられたものではございませんでした。ですが、すべて仕事と同じで繰り返しやることで覚えていくものです。……いいじゃないですか、今はできなくても。これからできるようになればいいんです」

そうだよ、最初からなんでもスマートにできる人間などいない。誰もが失敗し挫折《ざせつ》を繰り返しながら成長していくもの。それが人間じゃないのかな。少なくとも私はそう思う。

だから、ちょっぴり安心している。会社では完璧な副社長にも、できないことがある普通の一面があったんだって。

「きっと、副社長ならすぐできるようになると思いますよ」

コツをつかんだら、なんでもできちゃう気がするもの。想像しながら話していると、自然と笑みがこぼれた。

「日葵……」

すると彼にポツリと慣れない名前呼びをされ、咄嗟のことに胸の奥がまたむず痒くなる。

なんだろう、これ。彼と一緒にいると時々こうなる。胸が痛いというか、苦しいというか……なんとも言えない感情。

副社長のことをまっすぐ見られなくなるものの、彼の視線をずっと感じる。

「では、日葵が教えてくれるか？」

「え？」

驚く私に、彼は続ける。

「彼女として、俺に料理や掃除、洗濯を教えてくれないか？」

「彼女として……ですか？」

思わず聞き返すと、副社長は大きく頷いた。

「あぁ。彼女として身の回りのことをするのは問題ないんだろ？　だったら俺に教えても、問題ないはずだ」

「それはそうですが……」

でも、それはつまり、副社長が住む部屋を頻繁に訪れるってことだよね？　想像しただけで恥ずかしくなる。でも私、嫌じゃない。それに家事ができないことを理由に会ってくれないほうが、もっと嫌だから。

「わかりました。……私でよければお願いします」

了承すると、彼は顔を綻《ほころ》ばせた。

「よかった、ありがとう」

「いっ、いいえ」

喜びを頬に浮かべる副社長を目《ま》の当たりにしていると、無性にまた『わー‼』と叫びたくなり、慌てて空になった食器を手に立ち上がった。

「洗ってきちゃいますね。副社長はゆっくりしていてください。あ、薬があるなら飲んでください」

「はい、わかりました」

聞き分けのいい子供みたいに返事をする副社長に面食《く》らうも、幸せいっぱいな顔をされると、身体中が熱くなる。

何も言えず、キッチンへ逃げ込み食器を洗い始めるものの、胸は高鳴ったまま。

副社長に家に来ないでほしいと言われ、嫌われたかもしれない、別れ話をされるかもしれないとずっと不安だった。

けれど、それは違っていて心から安心した自分がいる。それに、副社長は完璧だと思っていたのに、ダメな一面も知ることができて、会社では知ることができない彼の素顔を知るたびに、私の心は大きく揺れ動くばかり。

恋愛初心者だけれど、こんなにドキドキしちゃう理由くらいわかる。私……間違いなく副社長に惹《ひ》かれ始めているんだって。

『正しい嫉妬《しっと》のススメ』

「社長、lovely《ラブリー》の社長から創設三十年記念パーティーへの招待状が届いておりますが、いかがなさいますか?」

【lovely】は、我が社と同じ、成長著しい家電メーカー。創業したのも、五年ほどしか変わらないライバル会社だ。

けれどlovelyの社長と我が社の社長は、なんと高校・大学が同じ同級生で、今も交流が続いているほど仲がいい。

「そうか、もう三十年になるのか……。もちろん出席で提出してくれ」

「かしこまりました」

これまで業績は我が社のほうが上だったが、ここ最近、lovelyは若い女性をターゲットにした美容家電の開発に力を入れ始め、それがヒットし、売上はうなぎ上り。重役の中には、社長がlovelyの社長と親しい関係であることを、心配する者も少なくない。

親しい関係ほど、危険なものはない。いつどこで我が社独自の生産技法を盗まれるかわからないと、案ずる者までいる。

けれど、私はそれは杞憂《きゆう》だと思う。

何度か社長に同行し、lovely の社長と会ったことがあるけれど、親しみやすい人柄で、社長との関係も良好に見えた。ふたりの間で裏切りがあるとは到底思えないから。

「では、早急に返事を出しておきます」

「あ、井上くんちょっと」

用事を済ませ、社長室をあとにしようとした時、社長に呼び止められて身体がギクリと反応した。なぜなら次に社長が私にかける言葉が、なんとなく予想できるから。

「なんでしょうか?」

それでもいつものように凛とした顔で尋ねると、社長はからかい口調で聞いてきた。

「廉二郎のマンションに頻繁に通っているようだね。今日もかな?」

あぁ、やっぱり……。

ここ最近、私に副社長とのことを聞くのが、社長の決まり文句となっている。

ニコニコしながら私を見つめる社長に、表情を変えることなく淡々と述べた。

「毎回お伝えしておりますが、プライベートなことですので、お答えいたしかねます」

すると、社長は子供みたいな態度に出た。

「井上くん……ケチだね」

「ケッ……!?」

ふて腐れる社長に大きな声を出してしまうも、すぐに我に返り大きく咳払いをした。

「ケチと言われましても、困ります。とにかく私の口からお話しすることはできませんので、気になるようでしたら副社長からお聞きください」

一方的に言い、最後に「失礼します」と一礼して踵を返す。すぐに「教えてくれてもいいだろう」なんて社長の嘆く声が聞こえてきたけれど、答えることなく社長室をあとにした。

けれど誰もいない廊下に出たところで、壁に寄りかかった。

「言えるわけないじゃない」

そして、ポツリと漏れた本音。

副社長に『料理や掃除、洗濯を教えてくれないか?』と言われてからこの一ヵ月、週に何度か彼のマンションを訪れていた。

平日は一緒にキッチンに立って夕食を作り、休日は部屋の掃除を教えながら、ともにしている。以前よりふたりで過ごす時間が増えて、私はますます副社長に惹かれている。

彼に会えるのを心待ちにしているし、会えたら嬉しくて、過ごす時間は楽しくて……私、副社長の話をしたら顔がだらしなくなる自信がある。

だからこそ、社長になど話せるわけがない。みっともない顔を見られたくないもの。それにふたりで過ごす時間のことは、ふたりだけの秘密にしていたいから。

トクンと高鳴る胸を手で押さえ、小さく深呼吸をしたあと、歩を進めてオフィスへ戻った。

この日の夜、帰宅して夕食の準備をしていると、スマホが鳴った。

「誰だろう」

料理の手を休め、エプロンに入れていたスマホを手に取り確認すると、電話の相手はひとつしか歳の変わらない隼人からだった。

「隼人……？　珍しい、どうしたんだろう」

独り言を呟きながら電話に出ると、久しぶりに聞く元気な隼人の声が聞こえてきた。

『姉ちゃん？　久しぶり。今ちょっと大丈夫？』

「うん、もう家だから大丈夫だよ。何？　何かあったの？」

リビングでは早苗が大好きなアニメを見ているから、火を止めて廊下に出ながら尋ねると、隼人はムッとした声で言った。

『なんだよ、何かなくちゃ連絡しちゃいけないわけ？』

「別にそんなことは言ってないでしょ？　ただ、滅多に連絡してこない隼人から電話が来たら、つい身がまえちゃうじゃない」

クスクスと笑いながら話すと、隼人は声を弾ませて聞いてきた。

『いやー、この間実家に行ったら姉ちゃんがいないじゃん？　それで母さんに聞いたら、彼氏のところだって言うからさ』

「それはっ……」

顔を見なくてもわかる。隼人の今の表情を。

きっとニヤニヤしながら私の反応を予想して楽しんでいそう。その姿を想像しちゃうと、何も言えなくなる。

するとさっきとは打って変わり、優しいトーンで自分の思いを私に伝えてくれた。

『嬉しいよ、姉ちゃんがやっと恋愛する気になってくれて。……ずっと心配していたんだ。家族を大切に思う姉ちゃんを尊敬しているけど、そろそろ自分が幸せになってほしかったから』

「隼人……」

それは初めて聞く隼人の思いだった。

『だから俺も、自分のことのように嬉しいよ。今度、お祝いさせて。久しぶりに食事でも行かない？　奢るからさ。その時、相手のことを詳しく教えてよ』

奢るだなんて——。そうだよね、隼人も今では立派な社会人だもの。私より稼いでいるんじゃない？　いつまでも可愛い弟じゃないんだ。

「ありがとう。じゃあ、高いお店探しておく」

『ＯＫ。姉ちゃんの好きな物、なんでも奢ってやる』

隼人の気持ちは素直に嬉しく受け止め、食事に行く約束をして電話を切った。

そして数日後の十八時過ぎ。

仕事が長引いて、約束の時間より少し遅れて会社からひとつ先の駅の、改札口に着いた。

隼人、どこだろう……。

退社時間と重なり、駅構内はたくさんの人で溢れている。周囲を見回すと、壁に寄りかかっている、ひと際目を引く人物を視界が捕らえる。

身長百七十五センチ、スラッとした体形。

アイドル顔の爽やかフェイスで、道行く女性は何人かすれ違いざまにチラチラと隼人を見ている。

隼人は、私の弟とは思えないほど顔の作りがいい。彼は母親似で、私は父親似だからかな。たまに恨めしく思うほど。

そんなことを考えながらも彼のもとへ近づいていくと、私に気づいた隼人は手を上げた。

「お疲れ、姉ちゃん」

「隼人もお疲れ。遅くなっちゃってごめんね」

謝ると、彼は屈託ない笑顔を見せた。

「いいって。なんせ社長秘書様だもんな」

「もう、からかわない！」

久しぶりに会っても、姉弟《してい》のノリは変わらない。ひとしきり笑い合ったあと、予約しておいたステーキ専門店へと向かった。

活気に溢れた店内では、店員さんのはつらつとした声が響き渡る。

早速、隼人と、それぞれヒレとサーロインステーキを注文した。

そして料理が運ばれてくるまでの間、隼人は私の話を興味津々《しんしん》で聞いていた。

「え、マジかよ。あいつらが言ってたこと本当なんだ。姉ちゃん、玉の輿《こし》じゃん！」

「隼人、言い方！」

「だって本当のことだろ？　早苗とは違ってあいつら、陰で姉ちゃんの彼氏を見ていたらしくて、大盛り上がりしていたぜ？　姉ちゃんが玉の輿だ〜って」

「ククク ッ」と当時の弟たちの様子を思い出してか、隼人は喉元を鳴らして笑った。

「もう、あの子たちってば……」

呆れつつも、私も弟ふたりが隼人に興奮ぎみに話す様子が想像できて笑ってしまう。

ちょうど鉄板の上で美味しそうな音をたてたステーキが運ばれてきて、会話は一時中断。熱々のうちに味わっていく。

柔らかくて、お肉の味を感じられるステーキに舌鼓《したつづみ》を打っていると、隼人がポツリと呟いた。

「姉ちゃんはさ、肩書きで好きになったわけじゃないんだろ？」

「……うん」

副社長という肩書きなんか関係ない。むしろ肩書きだけでは、絶対に好きにならない相手だ。

「ともに時間を過ごして、いろいろな一面を知ることができて……。なんていうんだろう、会えると嬉しくて、彼のためになんでもしてあげたくなっちゃう、っていうか……」

フォークとナイフを手にしたまま、しどろもどろになりながら、今の正直な思いを吐露すると、隼人はご満悦な様子で笑みを浮かべた。

「安心した、姉ちゃん……本当に好きなんだね」

しみじみと話す隼人に、違和感を覚える。

「私、彼のことをそんなに好きなように見える？」

思わず聞くと、隼人も食べる手を止めて逆に質問してきた。

「見えるも何も、好きだから付き合っているんだろ？　何？　好きすぎてヤバいってやつ？」

笑いながら言われ、動揺してしまう。

副社長に対する思いは最初に比べて変わったし、私は彼に惹かれているとは思う。でも隼人の目には、私が彼を好きでたまらないように見えることに、戸惑いを隠せない。

「今度、会わせてよ」

「あ、うん。……機会があれば」

言葉を濁すと、隼人は「絶対だからな」と念を押してきた。

「わかったよ」

返事をして再び食べ進めていくものの、私の心は大きく揺れたまま。

誰かを好きになったことがないからこそ、彼に対する思いが好きってことなのかわからない。もっとこの先、彼と一緒にいたらわかる日が来るのかな。彼への思いを募らせながら、その後も隼人との久しぶりの食事を楽しんでいった。

「隼人、ありがとう。ごちそうさま」

宣言通り、彼は奢ってくれた。

「いいって。おそらく姉ちゃんより稼いでいるし。今日は実家に泊まるから一緒に帰ろう」

「え、そうなの？」

店の外に出て肩を並べ、最寄り駅へと向かっていく。

「あぁ、母さんにはもう言ってある。明日、久しぶりに姉ちゃんの卵焼き食わしてよ」

「ふふふ、了解。本当に隼人って卵焼き大好きだよね」

「姉ちゃんのは格別なの」

嬉しいことを言ってくれる隼人に照れて、彼の肩を思わずグーパンチしてしまった。

「いてっ。なんで褒めてんのに、殴られないといけないの？」

「隼人が悪い」

「意味わからない」

そんな会話を交わしながら、仲良く家路についた。


副社長への思いに迷いながら過ごして数日後、なぜか昨日からパタリと彼からの連絡が途絶えた。

「やっぱり来てない」

昼休みにスマホをチェックすると、【おはよう】のメッセージが届いていなかった。

ただ単に仕事が忙しいのかもしれないけれど、この前も連絡が途絶えたのには理由があったから、不安になる。このまま避けられ続け、同じような不安で怖い思いをしたくない。

会って話をしないとだよね。

【今日、仕事が早く終わりそうなので伺ってもいいですか？】

いつもお互い、仕事が早く終わりそうな時は連絡をして、会うようにしていた。だからいつもと同じメールを送ったものの、どうだろう。

するると、意外とすぐに返事が届いた。

「来た……」

ドキドキしながら開くと、彼からのメッセージは意外なものだった。

【もうキミに来てもらい、教えてもらわなくても大丈夫だから】

「えっ……どうして？」

この前、ふたりで夕食をともにした時、『また今度』『楽しみにしている』って言っていたじゃない。

それに、副社長は『もう教えてもらわなくても大丈夫』と言うけれど、全然そうは思えない。まだ教えることはたくさんあるし、何より私自身が、彼とふたりで過ごす時間を失いたくない。

けれど、素直な気持ちを伝えることができず、可愛げのない返信をしてしまう。

【大丈夫とは思えません。まだ教えなくてはいけないことがたくさんあります。なので今夜、予定がなければ伺わせてください】

さっきは送ってすぐに返信が来たのに、急に音沙汰がなくなった。既読にはなっているのに……。

モヤモヤした気持ちでスマホを見つめていると、あと二十分で昼休みが終わろうとしていた。午後の勤務に向けて席を立ち、化粧室へと向かい、トイレとメイク直しを済ませてオフィスへと戻る。

トイレに行っている間に、返信が来ているかもしれない。はやる気持ちを抑えて自分のデスクへ向かおうとした私の前に、慌てた様子で堀内さんが立ちはだかった。そして唇をへの字に曲げて、泣きそうな声で訴えてきた。

「日葵先輩、水臭いじゃないですか！　どうして彼氏ができたこと、私に話してくれなかったんですか⁉」

「え……彼氏ってどういうこと？」

グイグイ迫ってくる堀内さんの迫力に押されつつも、ドキッとなる。

彼氏って、もしかして副社長との関係がバレた？　いや、でもここ最近、彼のマンションでしか会っていないし、会社では挨拶を交わすのみの関係。バレるわけがないと思うんだけど……。

でも堀内さん、さっき私に彼氏ができたって言っていたよね？

それと同時に、先ほど彼から送られてきたメッセージの内容を思い出す。

もしかしたら副社長は、自分と付き合っていることが社内でバレたことを知り、家に来るなと言ったのかもしれないと。

考え込んでいると、堀内さんは怪訝《けげん》な表情で私の顔を覗き込んできた。

「先輩、聞いてます？」

「あ、うん。それでその、どういうことなの？　誰がそんなことを？」

ハッとし、緊張しながら事の真意を聞くと、堀内さんは人差し指を立てて力説した。

「秘書課で昨日からずっと噂になっていますよ！　先輩、秘書課に来るの久しぶりだから、気づかなかったのかもしれませんが」

確かに昨日は私、一日中社長について外出していた。今日も朝から会議に同席し、やっと昼休みにオフィスに来たわけだけれど……。

堀内さんに言われ、室内を見回せば、いつの間にか注目を集めており、皆目が合うとパッと視線を逸《そ》らした。

これはマズい。本当に副社長とのことが噂で出回っているようだ。

「あのね、堀内さん……」

すぐに火消しにかかろうとした時、彼女から思いがけない話が飛び出た。

「うらやましいです、長身のイケメンなんですよね？　噂では大手商社に勤めていると聞いたんですけど、本当ですか⁉」

「えっ……商社？」

てっきり副社長のことだと思っていた私は、拍子抜けする。

商社ってどういうこと？　噂になっている私の彼氏って副社長じゃないの？

混乱する私に堀内さんは続ける。

「ほら、副社長の第一秘書がいるじゃないですか？　彼女が彼氏とデート中に日葵先輩たちを見かけたらしいんです。そうしたらなんと彼氏が、日葵先輩の彼氏と同じ会社らしくて！」

副社長の秘書を務めている同僚に、彼氏がいることは知っている。どうやらエリートらしく、よくロッカー室で自慢げに話しているのを聞いたことがあるから。

もしかして、噂になっているのは副社長ではない？　とはいえ、最近食事に行った男性の心当たりといえば、隼人くらいだ。隼人も会社名を出せば、誰もが知っている大手商社勤め。

ということは、堀内さんの言う私の彼氏って、もしかして弟の隼人のこと？

理解でき、慌てて弁解する。

「ごめん、それ彼氏じゃないから。……弟なのよ」

「え……弟？　って本当ですか⁉」

ギョッとする堀内さんに、冷静に伝えた。

「ええ、ひとつ下の弟よ。久しぶりにふたりで食事をしたの」

「そんなまさか……。せっかく日葵先輩と恋バナができると思ったのに」

ガックリうなだれる堀内さんに、「申し訳ないけれど、ご期待に沿えそうにないから」ときっぱり伝えた時、私のデスクにある内線が鳴った。

このタイミングで内線をかけてくる相手は、ただひとりしかいないはず。

すぐに出ると、相手はやはり社長で『今すぐ社長室に来てほしい』と言われた。

小さく息を漏らし、私の様子を窺う堀内さんを見た。

「堀内さん、お願い。噂の誤解を皆に解いてもらえる？」

「もっ、もちろんです！　日葵先輩の頼みなら‼」

「ありがとう」

これで、社内での噂は沈静化しそうだ。

堀内さんは早速、同僚のもとへと駆け寄り、説明してくれている。

あとの問題は社長と……副社長だ。もしかしたら、副社長にも誤解されているかもしれない。

とにかく、まずは社長室へ行かないと。表情を引きしめ、オフィスをあとにした。

社長室に入ると、社長は神妙な面持ちで私を待ちかまえていた。

私を呼んだ理由は、おそらく副社長のことだよね？　いや、でも自分から言いだすも……。そう思い、わからないフリをしていつも通りの言葉をかけた。

「社長、ご用件はなんでしょうか？　午後は特に予定は入っておりませんでしたが、急用でしょうか？」

尋ねると、社長は私をまっすぐ見つめた。

「井上くん……廉二郎とはうまくいっているものとばかり思っていたが、私の勘違いだったのか？」

やはり、社長の耳にまで噂が入っている？

何も言えずにいると、社長は大きなため息をひとつこぼした。

「久しぶりに、廉二郎と仕事の話も含めて昼食を取ってきた。……そこであるお願いをされたんだ」

「お願い……ですか？」

もしかして社長の耳に噂は入っていない？　それじゃ、副社長がしたお願いって何？

聞き返した私に、社長は言う。

「あぁ。……早急に見合いをしたいと」

「お見合いって……」

ドクンと胸が鳴る。

嘘、でしょ？　どうしてお見合いだなんて——。

唖然とする私に、社長は眉間に皺を刻んだ。

「私が認めた相手なら、誰でもかまわないと言われたよ。私の目に、廉二郎はヤケになっているように見えた。……ふたりの問題だとわかってはいるが、聞かせてほしい。廉二郎と何かあったのか？」

「……いいえ」

私としては、社長に報告するようなことは何ひとつない。でも、さっき堀内さんが言っていた噂を、副社長も聞いていたら？

だとすると噂が広まった昨日から連絡が途絶えたことも、さっきの返信も、急にお見合いしたいと言いだしたことも、すべて辻褄《つじつま》が合う。

でもあんまりじゃない？　副社長は勝手に勘違いをして、お見合いしようとして、一方的に私との関係を終わりにしようとしているのだから。

まっすぐで不器用で素直だからこそかもしれないけれど……。ダメだ、考えれば考えるほど怒りが込み上げてくる。

「じゃあなぜ廉二郎は、急に見合いをしたいと言ったんだね？　どうなんだ、井上くん！」

何も言わない私にしびれを切らし、答えを急かしてきた社長に私は詰め寄った。

「ど、どうした……？」

驚き、たじろぐ社長に、私はあるお願いをした。


「そろそろ……かな」

腕時計で時間を確認すると、二十時になろうとしていた。

今、私がいる場所は、社長行きつけの全室完全個室であるすき焼きの老舗料亭。

慣れない場所に緊張しながら、ある人物の到着をひとり待っていた。

少しすると、襖の向こうから声がかけられた。

「失礼します、お連れ様がお見えになられました」

「あ、はい」

返事をすると、ゆっくりと開けられた襖。

その先にいたのは社長と、私を見てびっくりしている副社長だった。けれど副社長はすぐに社長を睨み、「騙しましたね」と言う。

「騙すも何も、私はただ食事をしようと誘っただけだ。井上くんがいてもいいだろう?」

けれど社長のほうが一枚も二枚も上手で、副社長は唇を噛みしめた。

「失礼します」

そして次の瞬間、背中を向けて立ち去ろうとする彼に、私は急いで立ち上がり必死に呼び止めた。

「待ってください! 副社長とちゃんとお話がしたく、本日は私が社長にお願いしたんです!」

大きな私の声に彼は足を止め、ゆっくりと振り返る。

「話も何も……悪いが今はまだ何も聞きたくない」

顔を伏せ、声を震わせる副社長に、私は必死に言葉を並べた。

「いいえ、聞いていただかなくては困ります。副社長は誤解なさっているのですから。ですからお願いします。帰らないでください」

懇願すると、副社長は大きく瞳を揺らせながら私を見つめてきた。

「お願いします、副社長」

もう一度伝えると、彼は少し考えたあと、「わかった」と呟いた。

よかった、これで彼と話ができる。

そんな私たちのやり取りを見て安心した社長は、「私はここで失礼する。食事はこちらからお願いするまで運ばないよう、伝えておこう」と言い、去っていった。

襖を閉めてふたりっきりになり、気まずい空気が流れる。

社長がさっきお願いしてくれたように、こちらから言わない限り、料理を運ばれて邪魔されることもない。だったら、まずは座って落ち着こう。

先に腰を下ろすと、ワンテンポ遅れて副社長も向かい合うかたちで座った。

しかしながら彼は気まずそうな顔をしていて、目を合わせようとしないし、口を開こうともしない。これはいよいよ、私と隼人の噂を真に受けているのかもしれない。

彼の誤解を解きたい一心で、彼を見つめた。

「何やら噂が流れているようで、副社長のお耳にも入ったかもしれませんが……」

噂のことを口にすると、副社長は肩をピクリと反応させた。

それを見て、やっぱり彼は誤解しているのだと確信する。

だったらすぐに解かないと……。

私のほうを見ようとしない彼に、きっぱり伝えた。

「副社長。私が先日、仕事終わりに食事をともにしていたのはひとつ下の弟ですから」

「え……弟？」

彼はやっと顔を上げて私を見たものの、拍子抜けしている。

そんな彼に、繰り返し伝えた。

「はい、弟です。就職を機にひとり暮らしを始め、会うのは久しぶりでした」

「弟って……嘘だろ。俺はてっきり……」

口元を手で覆い、途方に暮れる副社長を見て、やっぱり誤解していたのかと思うと深いため息が漏れた。

「急に連絡が途絶えたのも、今夜家に来るなとおっしゃったのも、社長にお見合いをお願いしたのも、噂が原因ですか？」

「それは……」

言葉を詰まらせた副社長は、図星だと認めているようなもの。

その姿にイラッとして、つい刺々しい声が出た。

「どうして噂をお耳にした時点で、私に確認してくださらなかったのですか？」

責めるように言うと、副社長は顔を伏せた。

「聞けるわけないだろ？　噂が本当で、キミに仕事終わりにふたりっきりで食事に行くほどの相手ができたとしたら？　相手をキミが好きになったのなら？　……それなら俺はフラれるわけだろう？」

顔を上げた彼がつらそうに私を見つめてくるものだから、胸をギューッと鷲づかみされたみたいに苦しくなる。

「キミと過ごした時間は短いが、俺にとっては幸せな毎日だった。そんな日々を急に失うことなど想像さえできない。だから今はまだ聞きたくなかったし、別れを切り出され、みっともなくすがることがないよう、見合いをしてきっぱりキミを諦《あきら》める準備をしようと思ったんだ」

諦める準備、だなんて……。

ずいぶんと勝手な言い分にカチンときた。

「なんですか、諦める準備って。私、好きな相手ができたとも、別れてほしいとも、ひと言も言っておりませんよね？　それなのに、何を勝手に話を進めていらっしゃるんですか？」

前もそうだったよね？　副社長はなんでも自分で勝手に判断してばかり。私の気持ちなんて、完全に無視しているじゃない。

「日葵……」

いつになく声を荒らげる私に、副社長は目を瞬かせて私の名前を呟いた。それがまた私のイライラを募らせた。

「こんな時に名前で呼ばないでください！　……私は怒っているんです。以前にも言いましたよね？　私はあなたの彼女ですと。どうして私のことを信じてくださらなかったのですか？　ほかに好きな相手ができたら、副社長と一緒に食事を作ったり、休日をともにしたりなどいたしません！　……私だって、副社長と過ごす時間は楽しくて幸せですから！」

興奮し、早口でまくし立てると、聞いていた副社長は目をパチクリさせたあと、恐る恐る尋ねてきた。

「それはつまり、少しはキミに好意を寄せられていると思ってもいいのだろうか？」

真実ながら面と向かって質問されて、身体中が熱くなる。

「それはっ……ですね！」

徐々に顔も熱くなり、いたたまれなくなる。

どうして私、彼の前では素直になれないんだろう。副社長に惹かれているのは確かなことなのに……。

拳をギュッと握りしめ、なんて言おうか悩んでいると、次第に副社長の顔や耳も真っ赤に染まり、両手で顔を覆った。

「反則だ、そんな顔をするなんて」

「えっ？」

顔を覆ったまま副社長は言う。

「悪いが自惚《うぬぼ》れるぞ？　キミにとって、俺は少しは特別な存在になっているのだと」

言葉にして言われ、私の胸はトクンと鳴る。

否定なんてできないよ。だって副社長の言う通り、彼は特別な存在なのだから。一緒にいると楽しくて、ふとした仕草《しぐさ》や言葉にドキッとさせられ、彼の言動にイライラしてしまうのは、私にとって彼は特別だからでしょ？

自覚すると、ますます恥ずかしくなる。けれど、伝えないと伝わらないこともあるはず。誤解をして暴走した彼相手なら、なおさらだ。

大きく胸を高鳴らせながら、まっすぐ彼を見据えて伝えた。「自惚れてくださって、結構です」って。

すると副社長は大きく目を見開いたあと、見ているこっちがとろけてしまいそうなほど、甘い顔で笑うものだから、矢で射貫かれたように胸が痛んだ。

「そっか……よかった、嬉しい」

素直な思いを吐露する副社長。

私は彼ほど素直な気持ちを伝えられていないし、さっきも『自惚れてくださって、結構です』なんて可愛げのない言い方をしてしまった。

それなのに、私の言葉ひとつでこんなに喜んでくれるなんて――。

「料理、いただこうか？」

「あ、はい」

返事をすると副社長は席を立ち、料理を頼むため個室から出ていった。その瞬間、横に身体が崩れ落ち、両手を畳につき、しっかりと身体を支えた。その間も胸は痛いほどギューギュー締めつけられている。

これがもしや、胸キュンってやつですか？　いや、でもあんなとろけるような笑顔でストレートな言葉を言われたら、誰だってドキドキしちゃうはず。

でもこんなに胸が苦しいほどドキドキしているのは、副社長のことが好きだから……？

そう思わずにはいられなかった。

『正しい告白のススメ』

外出先からの帰りの車内。バックミラー越しに目が合った社長は、ホクホク顔で聞いてきた。

「なぁ、井上くん。そろそろ結婚式場を押さえたほうがいいんじゃないか？　大安吉日はすぐに埋《う》まると聞くし」

「その心配はご無用です。まだそのような予定はございませんので」

まっすぐ前を見たまま答えると、社長は身を乗り出した。

「そうだな、結婚式場を押さえる前に、まずは結納《ゆいのう》だ」

「ですから社長、私と副社長はまだそのような関係ではございませんので」

きっぱり言ったものの、社長はニッコリ微笑んだ。

「そうか、まだそのような関係じゃないだけで、いずれそうなるかもしれないってことだね」

〝まだ〟を強調して言われ、ハッとする。

けれど、時すでに遅し。

「うんうん、わかったよ。ゆっくりとキミたちのペースで愛を育むといい」

社長は満足げに頷きながら、再び後部座席の背もたれに体重を預けた。

副社長の誤解が解けてからというもの、社長は今までにも増して、やたらと彼との結婚をほのめかすようなことを言ってくる。

そのたびに、いたたまれない気持ちになる。現に今だって……。

視線を感じて隣を見れば、社長専属の運転手と目が合った。すると、彼は気まずそうに言う。

「安心してください！　決して口外などいたしませんから！」

あぁ、新たに運転手さんにまで知られてしまった。

けれどいちいち社長がいる中、説明するのが面倒で「ありがとうございます」と伝え、まっすぐ前を見据えた。

本当に困る。まだ私たちの関係は曖昧《あいまい》なままなのに。

最近の私は、夜な夜な恋愛漫画や純愛小説、恋愛記事が掲載されている雑誌を読み漁っていた。

どれを読んでも、出る答えはひとつ。恋愛漫画や小説を読んでキュンとしたり、ドキドキするのは、副社長に対して感じる気持ちと同じ。

そして雑誌に書かれていることは、まんま自分のことを言われているようだった。

会社では、常に彼のことを探して目で追っちゃっているし、メッセージや電話が来ると嬉しくなる。ふたりっきりの時間は緊張するけれど、たまらなく幸せだと感じてしまう。

これはもう私……完全に副社長のことが好きだよね？　恋愛初心者でも胸を張って『好きです。恋愛できました』と宣言してもいいよね？

毎夜毎夜、考えるたびに気持ちは確かなものになっていて、じわじわと好きって自覚しては、布団の中で足をバタつかせていた。

仰向《あおむ》けになり、再び漫画に目を通していく。

ちょうど物語は両想いになって、恋人としてラブラブな日常が始まるわけだけど……あれ？　私と副社長は付き合っているんだよね？

初めて人を好きになる気持ちを知って、自分もずっと憧れていた恋愛をすることができているんだって舞い上がっていたけれど、これから私はどうすればいいのかな。

副社長はどう思っているんだろう。好きって言われたけれど、今は？　私は人を好きになる感情を理解できたけれど、副社長も本当に理解できたの？

それに、彼との関係にはいつか終わりが来るかもしれないのに、私はこのまま副社長のことをたくさん好きになってもいいの？　今よりもっと彼のことを好きになったとしても、身を引いて別れることができる？

想像さえできない未来に、普通とは違うかたちで始まった彼との関係。恋愛初心者だからこそ、この先どうすればいいのか、自分の気持ちはどうなるのか、答えなど出るはずもなかった。


次の日。

今日は特に社長に外出の予定はなく、私もスケジュールに比較的余裕がある。普段はなかなかできない、書類や社長が交換した名刺の整理をしている間に午前の勤務時間が過ぎていく。そして昼休みに入ると、珍しく堀内さんが駆け寄ってきた。

「日葵先輩、ランチご一緒しませんか？」

彼女にランチに誘われることはこれが初めてではない。これまでにも何度か誘われて、昼食をともにしたことがあったから。

「いいよ、どこ行こうか」

引き出しから財布を取り出して立ち上がると、堀内さんは大喜び。

「わー嬉しいです！　私、この間オシャレなカフェを発見しちゃったんですよー。そこに日葵先輩と一緒に行きたくて」

「じゃあそこに行こうか」

「はい、ぜひ！」

天真爛漫《てんしんらんまん》な堀内さんに笑みをこぼしながら、ふたりでオフィスをあとにした。

堀内さんに案内されて着いた先は、言っていた通りレンガ調のオシャレな外観でひと際目を引くカフェ。

店内に足を踏み入れると目に入ってきたのは、秀逸なインテリアの数々。

ランチプレートを注文したあと、ついキョロキョロと店内を見回してしまう。

「日葵先輩、聞いてください」

「あ、どうしたの？」

視線を彼女に向けると、堀内さんは身を乗り出し、嬉しそうに頬に手を当てて報告してきた。

「実は私、彼氏ができたんです」

「そっか、おめでとう」

「ありがとうございます！」

堀内さんって独特の雰囲気があって、素直で女の子らしくて嫌いになれないんだよね。報告してくれた彼女が、ますます可愛くて仕方がない。

「相手はどんな人なの？」

質問すると、堀内さんはデレデレ顔で教えてくれた。

「背が高くて可愛い系イケメンなんです。私より三つ年下なんですけど、意外としっかりしているんですよー」

「三つ年下ってことは、相手は二十歳《はたち》なの？」

びっくりして、いつもより大きな声が出てしまった。

すると堀内さんは目をパチクリさせたあと、笑いだした。

「もう日葵先輩ってば驚きすぎですよー。成人していますし、法律的にもアウトじゃないですよ？」

「それはそうだけど……」

あぁ、でもそうか。堀内さんは二十三歳だもの、相手が二十歳でも全然おかしくないよね。私からしたら八歳も年下で、なおかつ二十歳の大学生だなんて……。

そんな相手と付き合うなんて、想像さえもできない。

「あ、やだ、また彼氏からメールが届いちゃいました」

ノロケた様子で堀内さんは、いそいそと返信していく。

「もう彼氏ってば、暇さえあれば『好き』って送ってくるんですよー」

「え、暇さえあれば……？」

「はい」

　恋人同士って、そんなに頻繁に気持ちを伝え合うものなの？　告白する時に一度だけ言えばいいものじゃないの？

　目を白黒させる私の前で、堀内さんも声に出して【私も好きだよ】と送っている様子を見て、思わず聞いてしまった。

「え……もしかして毎日好きって言い合っているの？」

　私の質問に、堀内さんは「当たり前です」と言う。

「好きって気持ちはちゃんと相手に伝えないと。お互い言葉にすることで、もっともっと好きになれるじゃないですか」

「……そういうものなの？」

　恋愛初心者の私には理解不能な見解。

　すると、堀内さんは目を吊《つ》り上げて力説した。

「そういうものです！　男の人って意外と寂しがり屋で、不安になる人が多いんです。包容力があって大人の余裕がある人なんて、漫画や小説の中くらいにしかいませんよ。

男の人だって私たちと同じで、不安になることも寂しくなることも、余裕がなくなることもありますから。……まぁ、これは私が今まで付き合ってきた男性に限る話かもしれませんがね、エヘヘ」

その話に、私は深く共感してしまった。

だって副社長も、最初は大人でクールな人だと思っていた。けれど本当の彼は違った。完璧ではないし、子供っぽいところがある。一途というか、すぐ『結婚しよう』なんて暴走するところもあるし。

けれど、私の家族に対する思いを否定することなく、理解してくれた。ストレートな気持ちをぶつけてくれた。仕事に真摯《しんし》に向き合う姿は尊敬もできる。挙げたらキリがないほど、副社長のことをたくさん知り、彼のすべてが好きだと思える。

けれど、この気持ちを私はまだ彼に伝えていない。それとなく惹かれているみたいなことは伝わっているかもしれないけれど、はっきり『好き』とは言っていなかった。

「あ、日葵先輩も彼氏ができたら、好きって気持ちをしっかり伝えたほうがいいですよ。勝手な想像ですけど、日葵先輩、そういうことあまり言わなそうなので」

意外と鋭い堀内さんにギクッとなる。平静を装い、「アドバイス、ありがとう」と伝えるも、動揺していた。

彼女の言う通り、副社長には気持ちをちゃんと伝えないと、何かあった時、また自分を信じてくれないかもしれない。

だったら告白するべきとは思うものの、彼が初めて好きになった相手。これまで告白などしたことがない。

どんなシチュエーションで、どのタイミングで告白するべきなのかな。皆どうやって告白をして交際に発展しているんだろう。いや、そもそも私と副社長は恋人同士だよね？　じゃあ告白ではない？　堀内さんみたいにさりげなく、日常会話のように『好き』って言えばいいの？

ダメだ……恋愛初心者の私には容量オーバーだ。

たったひと言、伝えればいいだけのことなのに、それが難しい。

それに、あの副社長に面と向かって告白するところを想像しただけで、恥ずかしさで死にそうだ。でも、やっぱり好きな人に自分の気持ちを正直に伝えたい。伝えた時、彼がどんな反応をするのか知りたい。

矛盾する思いに、頭を悩ませるばかりだった。

数日後の昼休み。

昼食を済ませて最後にスマホをチェックすると、副社長からメールが届いていた。

【今夜、予定はどうだろうか？】

短い文なのに、それだけで嬉しくて胸がいっぱいになる。

【特に予定はございません。では仕事が終わり次第、伺います】

すぐに返信したあと、思い悩む。もしかしたら今日が、副社長に告白するチャンスなのかもしれないと。

そもそもよく考えれば私、副社長に告白するチャンスはいっぱいあったよね？　会う時は、いつも彼の自宅マンションなのだから。

今日じゃないのかな、勇気を出す日は。その一歩を踏み出さなかったら、いつまで経っても私と副社長の関係は変わらない。

「……よし！」

今日、絶対に伝えよう。

意気込み、午後の勤務に当たった。


「お邪魔します……」

室内には誰もいないとわかっていても、毎回つい言ってしまう。

合鍵を使って家に上がり電気を点《つ》けると、綺麗に整理整頓されたリビングが映し出された。最初に来た時とは見違えるほどだ。

買ってきた材料をテーブルに置き、彼の部屋に置かせてもらっているエプロンをつけて下準備に取りかかった。

今夜は定番だけど、ハンバーグとマカロニサラダ。それとコンソメスープを作ろうと思って材料を買ってきた。この前、一緒に夕食を作った時にハンバーグが好きだと言っていたから。

少しすると、玄関のドアが開く音がした。

そして、すぐにリビングに顔を見せたのは副社長だった。

「悪い、俺から誘っておいて遅くなってしまい……」

「いいえ、私も今来たところです」

会話をしながら副社長はジャケットを脱ぎ、ワイシャツの袖をまくり、エプロンをつけてキッチンへ入ってきた。

「今夜は？」

手を洗いながらにこやかに尋ねられ、ドキッとしてしまう。

なんでだろう、副社長のエプロン姿はこれまでに何度も見てきたのに、どうしていつもよりカッコよく見えて、ドキドキしちゃっているの？　今日、告白しようと思っているから？

「……日葵？」

何も言わない私を不思議そうに呼ぶ彼の声にハッとし、慌てて答えた。

「あっ、今日はハンバーグとマカロニサラダ、それとコンソメスープを作ろうと思っています」

「ハンバーグ……。そっか、それは楽しみだな」

顔に喜色を浮かべる彼に、私の胸は苦しくなるばかり。

本当にどうしちゃったの？　彼の笑顔ひとつでこんなにドキドキしちゃっていて、大丈夫？　『好き』って言える？

「じゃあ作ろうか」

「は、はい」

キッチンに並んで彼に教えながら作っていくものの、その最中も胸は高鳴ったまま。意識しないようにと思えば思うほど、気になってしまうというドツボにハマっていく。

私、今までどうやって彼と料理していたんだろう。ふたりっきりの空間に至近距離で一緒にいて、どんな顔をしていた？

それさえもわからなくなるほど、心乱れている。

もうダメだ、今日告白なんてできそうにない。普段通り振る舞うだけで精一杯だ。

告白することを早々に諦め、料理に集中していく。

「お、美味そうに焼けたな」

「そうですね。副社長、お皿をお願いしてもいいですか？」

「あぁ、わかったよ」

メインのハンバーグも焼き上がり、あとは盛りつけるだけ。

火を止め、副社長からお皿を受け取ろうとした時、ふと指と指が触れた。

「……っ！」

たったそれだけでドキッとしてしまい、咄嗟に手を引っ込めると、お皿は床に音をたてて落ちた。

「すみません！」

やだ、私ってば何やっているのよ。

すぐに屈《かが》み、割れたお皿を片づけようとした私の手を彼はつかんだ。

「危ないから触らないほうがいい」

さっきとは違い、今度はしっかりと彼に触れられ、心臓が壊れそうになる。

「やっ！」

ドキドキしすぎて、彼の手を思いっ切り振り払ってしまった。けれど、すぐに我に返る。

だって、副社長が今にも泣きそうな顔をしていたから。

「すみません！」

再び謝罪の言葉を繰り返すと、彼は明るく振る舞う。

「いや、俺のほうが悪かった。突然触れたりして。……片づけは俺がやるから」

「でも……」

「いいから。キミは料理の盛りつけのほうを頼む」

私の声を遮り立ち上がると、彼は割れたお皿を入れる袋とホウキなどを探しに行ってしまった。

その背中を見つめながら、後悔の波に襲われる。

副社長のこと、傷つけちゃったよね？　だって泣きそうな顔をしていた。違うのに。副社長に触れられて嫌だったんじゃない。早く誤解をとかないと、って頭ではわかっているのに、行動がついてこない。だってどう伝えればいいの？　もうわからない。

その後夕食をともにし、片づけを済ませてからゆっくりお茶している間も、副社長はずっと何事もなかったように接してくれた。

けれど私は、ますます胸を痛めるばかりだった。

いつものように家まで送り届けてくれた副社長。

彼のマンションから私の家までは、車で十五分の距離。いつもは早く感じる時間が、今夜は長く感じられた。

「それじゃ、また」

「……はい、送ってくださり、ありがとうございました」

言葉を交わすと、彼が運転する車は去っていった。

けれど、なかなか家に入ることができない。

「何やっているんだろう、私……」

静かな夜の空気と交ざって消えていく自分の声。

告白するつもりで彼の家に行ったのに、告白どころか傷つけて気遣わせて……。ダメダメすぎる。

トボトボと重い足取りで家に入ると、リビングには隼人の姿があった。

「隼人、来てたの？」

バッグをテーブルに置きながら尋ねると、彼はどこかソワソワしている。

「あぁ、姉ちゃんが今日彼氏と会うって聞いて、もしかしたら会えるかもしれないって思ってたんだけど……もしかして帰っちゃった？」

「……うん」

するると隼人は、あからさまにガックリ肩を落とした。

「マジか、残念。今日こそお目にかかれると思ったんだけどな」

そんな隼人に苦笑いしながらキッチンへ行き、麦茶をコップに注いで喉に流し込んだ。

「でも、交際は順調みたいでよかったよ」

リビングから顔を覗かせてかけられた言葉に、複雑な気持ちになる。

だって私と副社長の関係は、決して順調ではないから。

「うん、まぁ……」

言葉を濁しながらリビングに戻ると、隼人は探るような目で私を見る。

「何？　もしかして彼氏と喧嘩でもしたの？」

「べ、別にそういうわけでは……」

ソファに座っている隼人の隣に腰掛け、口ではそんな強がりを言っていても、動揺しているのはバレバレで、彼は小さく肩を落とした。

「俺でよかったら、話聞くけど？」

小首を傾げて私の様子を窺う隼人は、恋愛経験が豊富。何度か家に彼女を連れてきたこともある。

隼人ならどう思う？　副社長と同じ男性としての意見が聞きたい。

すべては話せないけれど、誰かに聞いてほしい気持ちが大きく、藁《わら》にもすがる思いで隼人に言葉を選びながら相談してみた。

「喧嘩、したわけではないの。……ただ、その、私がいけないというか……」

「姉ちゃんが何かやらかしちゃったわけ？」

すかさず聞いてきた彼に、コクリと頷いた。

「……うん。私、彼を傷つけちゃった」

傷つけたくなかった。好きって気持ちを伝えて喜ぶ顔が見たかったのに。副社長の傷ついた顔を思い出すと、胸が痛い。ずっと頭に残って離れてくれないよ。

苦しくて、両手を膝《ひざ》の上でギュッと握りしめてしまう。

すると昔から勘の鋭い隼人は「うーん……」と唸りながら天井を見上げると、まだ何も話していないのに、私の気持ちを汲《く》み取るようにポツリポツリと話しだした。

「姉ちゃんってさ、昔から言葉足らずなところがあるよね。それと自分の気持ちを相手に伝えることが苦手でしょ?」

確信した目で見つめてくる隼人。

「……うん」

言い当てられて、驚きながらも返事をすると、彼は笑った。

「姉ちゃんの弟なら気づけて当たり前でしょ? 無駄に責任感が強くて、甘え下手《べた》。長女だからってなんでも背負って、甘えたいのに我慢していたこと、俺は知ってるよ」

「隼人……」

幼い頃から隼人たちの手前、姉として両親に甘えることができなかった。家族のことは大好きだし、自分にできることはなんでもしようと思っていたけれど、時々無性に両親に甘えたくなることがあった。

それを、まさか隼人に見抜かれていたなんて……。私、これでも隼人はもちろん、ほかの兄弟の前でも完璧なお姉ちゃんでいたつもりだったんだけどな。

どうやらそうではなかったようだ。

「俺がもし姉ちゃんの彼氏だったら、甘えてほしいと思うしワガママも言ってほしい。それと、こうやって自分を傷つけたと思い悩んでいることを知ったら、傷つけられたことも忘れるくらい嬉しいけど？」

そう言うと隼人はまっすぐ私を見つめ、力強く言う。

「なんでも言葉にして伝えないと、いつまで経っても姉ちゃんの気持ちは相手に伝わらないよ。……彼氏の前でくらい、いい子でなくてもいいんじゃない？」

「そう、なのかな……」

確かに私、副社長の前で本音をさらけ出せていない。プライベートで会っていても、上司と部下の関係が抜け切れないというか……。普通に話していても、砕けた感じでは絶対に話せないし、彼には迷惑かけられない。……ううん、かけたくないってずっと思っていた。

だって仕事が忙しいし、そんな中でも私と過ごす時間を作ってくれるだけで充分幸せだったから。でも、少しくらいワガママ言ってもいいのかな。もう二十三時になるし、会いに行ったら絶対迷惑だけれど、それでも行ってもいい？　だって彼を傷つけたままじゃ嫌だから。

「ねぇ、隼人」

「ん？」

彼に会いに行きたい。――でも、心のどこかで迷惑な気がして臆病になっている自分がいる。そんな私の背中を、隼人に押してもらいたい。

「今から彼に会いに行ってもいいかな？　迷惑じゃない？　会ってくれると思う？」

すがる思いで尋ねると、隼人はグーサインを出した。

「迷惑じゃないし、会ってくれるに決まってるじゃん。むしろ姉ちゃんが来てくれたら嬉しいと思うよ！」

隼人の言葉にエールをもらい、気持ちが昂《たかぶ》る。私、今副社長に気持ちを伝えなかったら後悔すると思う。

「ありがとう、隼人。……私、行ってくる」

「そうこなくっちゃ」

思いっ切り隼人に背中を叩かれ、立ち上がると、彼はにんまり顔で私を見上げた。

「危ないからタクシー拾えよ」

「うん、わかってる」

隼人に送り出され、バッグを手に再び家を飛び出した。

街灯がある道を少し進むと大通り。

そこでタクシーを拾い、彼の住むマンションへと向かった。

何度も訪れているマンション。コンシェルジュともすっかり顔なじみとなり、副社長に繋ぐことなく通してくれた。

でも、いざマンションに着くと、今さらながら緊張してきた。エレベーターの中で大きく深呼吸をして落ち着かせる。

せっかく隼人に背中を押してもらったんだもの。ここで怖じ気づいていられない。

「……よし！」

エレベーターのドアが開く前に、拳をギュッと握りしめて気合いを入れる。降りて勢いそのままに玄関まで向かい、インターホンを押した。

「……あれ？」

少し経っても反応がない。

もしかして家にいないとか？　それとも、もう寝ちゃった？

そんな不安が頭をよぎる。

次に押しても反応がなかったら、電話をしてみよう。そう思い、もう一度鳴らしてみると、少ししてインターホンから彼の驚いた声が聞こえてきた。

「え……どうして？　ちょっと待ってろ」

突然押しかけてきた私に、彼はひどく慌てた様子でインターホンを切ると、すぐにドアを開けてくれた。

けれどドアの先にいた副社長を見て、固まってしまう。

Tシャツにハーフパンツといったラフな服装で、彼の髪は濡《ぬ》れて妙に色っぽかったから。どうやらお風呂に入っていたようだ。

「あ、あの……」

意気込んできたくせに、いつもと違う彼の姿にドキドキしてうまく話せない。

副社長も訪ねてきた私に戸惑っている。

玄関先で、お互い何も話すことなく立ち尽くすこと数十秒。

彼はハッとし、私に詰め寄ってきた。

「日葵、ここまで何で来たんだ？　こんな遅い時間にひとりで危ないだろ？」

「あ……ちゃんとタクシーで来ました」

けれど、彼は深いため息を漏らした。

「それでも危ないだろ？　そもそもどうしてまたうちに？　何か忘れ物？　だったら俺が届けたのに。……心配するから」

彼の表情や言葉から、本気で心配してくれていることが、ヒシヒシと伝わってきて胸がいっぱいになる。

思い返せば、副社長は最初から全力で気持ちを伝えてくれていたよね。突然すぎて、最初は戸惑い、彼の気持ちを疑っていた。甘いセリフに心を乱されて、暴走されてつらい思いをしたこともあった。

でも私の気持ちを理解してくれて、それでいて不器用で。

こういったさりげない優しさに、胸をキュンとさせられる。知れば知るほど彼に惹かれ、好きって気持ちが膨らんで初めて人を好きになることができた。

もしかしたら彼との未来は、途絶えてしまうかもしれない。だからこそ、後悔しないように今の気持ちを、そして彼と過ごせる時間を大切にしたい。

「わかったか？　日葵」

顔を近づけて注意してきた彼の声は怒っているけれど、顔は怒っていない。その証拠に、ボソッとつけ足すように言ってくれた。

「でも、こうしてまた少しの時間でも会えて嬉しいよ」って。

そんな副社長の言葉に気持ちが溢れて止まらず、私は自ら彼の胸に飛び込んだ。

「――っ、どうした？　何か嫌なことでもあったのか？」

突然抱きついてきた私にびっくりしながらも、副社長は心配し、優しく背中を撫でてくれる。そんな彼にたまらず、あれほどずっと言えなかった、たった二文字の気持ちがこぼれ落ちた。

「好き、です」

「……え」

やっと伝えられた気持ち――。

けれどすぐに勢いよく身体を引き離され、彼に信じられないと言いたそうに、ジッと見つめられた。

「嘘ではございません、私も副社長のことが好きです。……先ほどのように、少し手が触れただけでドキドキして恥ずかしくなるほどに」

目を丸くする副社長。

ひと呼吸置き、彼への想いを吐露していく。

「さっきはすみませんでした。決して触れられて嫌だったわけではないんです。その逆です、副社長のことが好きだから緊張してしまって……」

すると副社長は瞬きすることなく、震える声で確認してきた。

「日葵……本当なのか？　俺のことを好きっていうのは」

半信半疑の彼に信じてほしくて、大きく頷いた。

「好きです。……副社長は完璧でソツがない人だと思っていましたが、本当のあなたは違った。完璧ではないけれど、まっすぐで少し子供っぽいところがあって……。けれど仕事に真摯に取り組む姿勢は尊敬しますし、私の家族に対する思いも理解してくれて。……何より、いつもストレートな気持ちをぶつけてくれる副社長に、私はときめかされてばかりでした」

驚き固まる彼の手を、私は自ら握った。

「社内で気づけば副社長のことを探してしまい、一緒にいると緊張するけど嬉しくて、幸せな気持ちになれるんです。その反面、少し触れただけでドキドキしちゃって……これはもう、完全に恋愛感情でいう『好き』ではないでしょうか？」

副社長、以前私に聞いてきたよね？

『今の俺は仕事中にもかかわらず、キミのことを考えてばかりで……。これがキミの言う、誰かを本気で好きになる気持ちじゃないだろうか？』

だからこそ、今度は私が聞かせてください。今、私がお話しした想いが、誰かを好きになる気持ちですよね？

ジッと彼を見つめ、答えを待つ。

すると、ギュッと唇を噛みしめた彼は私の腕を引き、思いっ切り抱きしめてきた。

苦しいほどきつく抱き寄せられ、やっぱりドキドキして胸が痛い。それと同時に嬉しくて幸せな気持ちで満たされていく。

副社長は私の髪をクシャッと撫でたあと、掠れた声を漏らした。

「俺もキミと同じだ。会社ではいつもキミの姿を探してしまい、メッセージひとつで嬉しくなる」

ゆっくりと身体を離され、至近距離で見つめ合う私たち。

胸が苦しいのに熱い眼差しを向ける彼から、目を逸らすことができない。ためらいがちに彼の大きな手が頬に触れ、一瞬目をつぶるも、すぐに瞼《まぶた》を開ければ副社長は甘い瞳で言った。

「ふたりっきりで過ごせる時間が幸せで、こんな風にキミに触れたくてたまらなくなる。……これを恋愛感情の好きと言わないのなら、なんだって言うんだ？」

「副社長……」

彼は目尻に皺を作って微笑んだ。

「日葵……改めて俺と結婚を前提に付き合ってくれないか？」

最初、この告白を聞いた時はあり得ないと思った。でも今は違う。

「……はい！」

力強く返事をすると、再び抱きしめられた。

彼に背中や髪を優しく撫でられるたびに、とろけてしまいそうになる。ずっとこのままでいたいと願うほどに。

ずっと誰かを好きになる気持ちも、恋愛というものも、何もかもわからなかった。もしかしたら私は一生恋愛をすることなく、人生を終えるかもしれないと思っていたほど。

でも今なら誰かを好きになると抱く感情も、恋愛することがどういうことなのかも、全部わかる。

好きな人の言動に一喜一憂して、時には振り回されちゃうこともある。長所だけじゃない、短所さえも愛しいと思えてしまう。そして彼のことになると、自分でも驚くほど大胆な行動に出られるんだ。

お互い、いいところも悪いところも知って、仲を深めて。そして気持ちを伝え合っていくんだよね。恋愛するって成長することじゃないかな。だって私がそうだから。

彼の温もりを身体中で感じていると、頭上から副社長の声が降ってきた。

「夢みたいだ……。キミと本当の恋人同士になれたなんて」

そう言うと、彼は私の旋毛《つむじ》にキスを落とした。

「――え」

びっくりして声をあげてしまう。い、今副社長……キス、してきたよね？

突然の行為に、パニック状態。

その間も副社長は私の温もりを確かめるように、背中や髪を優しく撫でていく。

やっと気持ちを伝えることができて、彼にもそれが伝わって舞い上がっていたけれど、私……今、彼に抱きしめられているんだよね？　ついさっきまで触れられただけで、ときめいていた自分はどこにいった？

いや、でもこうして冷静になってくると、やっぱりドキドキしてヤバい。それにTシャツ越しに彼の鼓動《こどう》が響き、副社長の濡れた髪から雫が頬に落ちてくる。それによって、リアルに彼に抱きしめられていると認識させられる。

やっと本当の恋人になれたことは嬉しいけれど、ダメだ。恋愛初心者の私は容量オーバーです。たまらず白旗を上げた。

「すみません、副社長……もうドキドキしすぎて限界です」

素直に自分の現状を伝えたのに、なぜか副社長のツボに入ったようで、珍しく「ブハッ」と噴き出すと、離してくれるどころか、さらにギューッと抱きしめられてしまった。

「俺も限界。……キミのそういう意外な一面を見せられるたびに、可愛くてどうにかしたくなる」

「どうにかって……！」

顔を上げて声を荒らげる。

けれど目が合うと副社長は、苦しそうに顔を歪《ゆが》めた。

「だからそれがダメなんだ。……ムキになるところが可愛くて仕方がない」

「……っ！」

声にならず、口をパクパクさせてしまう。

するとで彼は愛しそうに私を見つめ、耳元に顔を寄せて囁いた。「そんなキミが愛しい」と。

『正しい恋人のススメ』

土曜日の早朝。

クローゼットの中から洋服を引っ張り出し、鏡で確認しては脱いでを繰り返して、やっと満足できるコーディネートが完成した。

「これでおかしくないよね？」

散々悩んで迷ったのに、まだ不安になる。

今日は副社長と本当の恋人同士になってから、初めて休日に出かける日。

だからこそ彼の隣を歩いても恥ずかしくない、少しでも見合う自分になりたくて、洋服を選びに選んだ。

髪をハーフアップにし、オフホワイトに大きな花柄がプリントされている襟付きのワンピースに、ネイビーブルーのパンプス。それと小ぶりの手持ちバッグ。

何度も鏡の前でくるくる回りながら、『大丈夫だよね？』って自分に言い聞かせてしまう。

これまでにも、副社長とは何度か休日に出かけたことがあるけれど、今日はお互い好きって伝え合ってから、初めての外出だもの。一生忘れられないような、そんな一日にしたい。

楽しみすぎて鏡に映る自分の顔は、ニヤけている。

けれどニヤけたっていいよね。だって私は副社長と付き合っているんだから。今がとっても幸せ。素直な気持ちを我慢しなくてもいいよね。

「……あっ、時間！」

ハッとして時計を見ると、そろそろ副社長が迎えに来てくれる十時になろうとしていた。慌てて準備をし、『出かけてくる』と言っただけでデートだと察知した家族に見送られ、家を出た。

外に出ると、まだ彼の車はない。今日は待たせずに済んでホッとしていると、ちょうどタイミングよく見慣れた車が私の前で停車した。

すぐに運転席から降りてきたのは副社長だった。

「おはよう、日葵」

「おはようございます」

こうしてゆっくりと会うのは一週間ぶり。だから妙に緊張して、会社で挨拶するかのように丁寧に一礼しちゃうと、彼はクスクスと笑った。

「こら、今は会社じゃないんだぞ？」

そう言って頭をコツンとする彼に、胸がキュンと鳴る。

どうしよう、副社長が甘すぎて胸がはち切れそう。

コツンとされた頭を押さえながら、ときめきが止まらない。今日の彼はネイビーのワンポイントが入ったシャツに、黒のチノパン。そしてスニーカー姿。

なんてことのない服装なのに、着ているのが副社長だからか、カッコよく見えてしまう。普段のスーツ姿も好きだけれど、休日だと髪型もラフな感じだし、私服だと別人みたい。

まじまじと眺めていると、彼もまた私と同じように食い入るように見つめてくる。

「あの……？」

もしかして今日の格好、似合ってないかな？

さっきとは違った緊張感に襲われる中、彼はほんのり頬を赤く染めた。

「どうしたらいい？　ワンピースを着ている日葵が可愛すぎるんだが……」

「えっ……？」

口元を手で覆い、次第に耳まで赤に染める彼に、嬉しくて恥ずかしい気持ちに悩まされる。

「それはえっと……ありがとうございます。……でも副社長もカッコよくて、私も結構困っていますからね」

素直な想いを吐露すると、彼はますます顔を赤くした。

「それはこちらこそありがとう」

そっぽを向きながら言うものだから、思わず笑ってしまった。

会社ではいつも厳しい表情で、笑ったところを見たことがないのに、私の前ではいろいろな顔を見せてくれる。

それは私だけの特権だよね？　そう思うと、また幸せ貯金が増えるんだ。


それから副社長が運転する車で向かった先は、都内から離れた場所。大きな公園になっていて、四季折々の花や植物が楽しめるデートスポットだった。

「ここなら会社の人の目を気にすることなく、日葵と恋人らしくデートできるだろ？」

そう言いながら手を握ってきた副社長。

「そ、そうですね……」

戸惑いながらも握り返すと、さらにきつく繋がれた手。恋人繋ぎをして歩きながら、綺麗で可愛い花に足を止めて、ふたりで眺めてはまた歩きだす。

すれ違う恋人たちのように、私と副社長も恋人同士に見えているかな。

「日葵、見て。あそこ。……珍しい鳥がいる」

距離を縮め、私の目線に合わせて指差す彼。

言われるがまま副社長が指差す方向を見ると、彼の言う通り変わった色合いの鳥が目に入った。

「本当ですね、初めて見ました」

顔を見合わせ、笑い合う。

すると彼は口角を上げ、嬉しそうに言った。

「こういうの、いいな」

「……はい」

私も同じことを思っていた。こんな風に何げないことで笑い合えるのが、とっても幸せに感じる。なんだか、他人の目を気にしていた自分がバカらしくなる。大切なのは私と彼の気持ちなのに。誰にどう見られてたっていいじゃない。

いつの間にか手を繋いでいることに緊張しなくなり、のんびりとしたデートを楽しんだ。

たくさん公園内を散策した帰りに、ふたりでスーパーに寄る。

「今夜は何を作る？」

「どうしますか？　何か食べたい物はありますか？」

副社長にカートを押してもらいながら、手を繋いで献立を考える。

「そうだな……ゆっくりしたいし、手短かにカレーなんてどうだろう」

「いいですね、最近食べていないので食べたいです」

「じゃあ決まり」

メニューを決めて仲良く食材を選び、買い物を済ませたあと、彼の自宅マンションでいつものように並んでキッチンに立ち、カレーを作る。

「ヤバい、玉ねぎが目に染みた」

「え、大丈夫ですか？」

玉ねぎを切っていた副社長は目を瞬かせている。

「大丈夫、あと少しで切り終わるから」

彼の包丁さばきも、様になってきた。料理だけじゃない、掃除や洗濯といった家事も、一人前にできている。もう私が教えることはないかもしれない。

ふたりで作ったカレーはとびっきり美味しくて、今日の公園でのことを話しながら楽しく食事を済ませた。片づけもふたりで行い、ソファに並んで座ってバラエティー番組を見ながら笑い合う。

何げない日常を一緒に過ごしているだけなのに、特別な存在ってだけで、ただの日常じゃなくなるから不思議だ。

「面白かったですね」

「あぁ、久しぶりにテレビを見て笑ったよ」

番組が終わっても、内容を思い出してはまた笑えてしまう。

「あ、コーヒーおかわりしますか？」

テーブルに置いてある、ふたつのマグカップは空になっている。するると副社長は「大丈夫」と言いながら、私の肩に腕を回し、自分のほうへ引き寄せた。

びっくりしながらも、そっと彼の肩に頭を乗せる。

う、わぁ……何これ。すごい恋人っぽくて照れる。──けれど幸せ。髪を優しく撫でられているから、余計に。

「なぁ、日葵」

「……はい」

髪を撫でられ、とろんとなりながら返事をする。

「そろそろ名前で呼んでくれないか？」

「え？」

言われた言葉にハッとし、身体を戻して彼を見つめると、真剣な瞳が私を捕らえる。

「会社では副社長でもかまわないが、こうしてふたりでいる時は名前で呼んでほしい」

名前って……そんな……。

心の中でさえ恥ずかしくて呼べそうにないのに、本人に向かってなんて絶対無理。

「む、無理です」

手を左右に振って拒否するものの、彼は引き下がらず、「呼んでほしい」と懇願してくる。

どうしよう、どうしたらいい？　普通に考えて絶対に呼べない。……でも副社長はふたりの時は『日葵』って呼んでくれているんだよね。

彼に名前で呼ばれると、ただそれだけで嬉しくて、副社長にとって自分は特別な存在なんだって実感できる。副社長も私が名前で呼んだら、同じ気持ちになる？

「日葵……」

『早く呼んで』と急かすように私の名前を口にした彼に、勇気を振り絞った。

「……廉二郎、さん」

ドキドキしながら彼の名前を呼んだ途端、副社長はギュッと私の身体を抱き寄せた。

「キャッ」

突然の抱擁《ほうよう》に声をあげる私に、彼は甘い声で囁いた。

「今夜は帰したくない」

「……えっ」

ドクンと波打つ胸の鼓動。恋愛初心者でもその言葉の意味は理解できて、だからこそ返答に困る。

それはつまり、そういう行為をするってことでしょ？ ……できるの？ 今の私に。副社長の名前を呼ぶだけでいっぱいいっぱいの、私の心臓はもつ？

なんて言えばいいのか、グルグル考えてしまう。

そんな私に、彼は胸の内を明かした。

「本当はずっとキミを帰したくないと思っていた。……送り届けて帰宅するたびに寂しかったんだ」

素直な気持ちを伝えられ、いよいよ困り果てる。私だって、できるならずっと彼と一緒にいたい。でも――。

「あの……着替えも何も準備していないですし……」

どうにか声を絞り出す。

何より心の準備ができていない。

けれど、彼はすぐに解決策を口にした。

「明日、コンシェルジュに着替えを頼むから心配しなくていい」

それはそうかもしれないけれど……。ダメだ、ちゃんと伝えよう。

恥ずかしい気持ちを抑えて、本音を伝えた。

「私……初めてで、心の準備ができていません」

副社長のことが好き。だけど、今よりもっと深い関係になることが怖い。私には未知の世界すぎて、自分がどうなっちゃうのかわからないし、どうしたらいいのかもわからないから。

すると彼は私の手を取り、自分の胸元に押し当てた。

「それは俺も同じ」

「……えっ？」

手を通して感じる彼の胸の鼓動は速く、緊張しているのが伝わってくる。

副社長も同じなの？　緊張している？　ドキドキしておかしくなっちゃいそう？

彼の真意が知りたくてジッと見つめると、私が言いたいことが伝わったのか笑みをこぼした。

「俺も緊張しているよ。……本当に好きな子とするのは初めてだから。自分でも驚くほどね。それでも日葵ともっと一緒にいたい。日葵のすべてを自分のものにしたい」

力強い瞳に射貫かれ、何も言えなくなる。

緊張するし、怖い。でも、嫌ではない。私も副社長ともっと一緒にいたい。抱きしめられると幸せな気持ちになって、もっと……と求めてしまう。

直に肌を重ねたら、どれだけ幸せな気持ちに包まれるのかな。

「ダメか？」

そっと囁やかれたひと言。

副社長はズルい。そんな風に聞かれて、『ダメです』って言えるわけないじゃない。

彼の鼓動を感じて同じだって実感できた今、緊張するけど、あなたに私の全部をもらってほしいと願ってしまうから。

それでも口に出して伝えるのは恥ずかしくて、『ダメじゃない』と言うように、小さく首を横に振った。

「日葵……」

彼は愛しそうに私の名前を呼ぶ。大きな手が頬に触れると、自然と絡み合う視線。

「廉二郎さん……」

私もまた彼の名を呼ぶと、微かに震えた唇が触れた。

初めてのキスに、胸がいっぱいになる。ふわふわして、頭の芯から溶けちゃいそう。

彼はいったん唇を離すと艶っぽい瞳を向けて、再び甘いキスを何度も落としてきた。

「日葵」

キスの合間、名前を呼ばれるたびに苦しくなる。

落とされるキスに応えるだけで精一杯の私は、彼の胸元のシャツをギュッとつかむ。

さらにキスは深くなり、思考回路は停止してしまう。甘い刺激にクラクラするほど。

どれくらいの時間、キスを交わしていただろうか。彼の唇が離れる頃には、私の息はすっかり上がっていた。

そんな私を見て、彼はクスリと笑みをこぼす。

「大丈夫か？　……これから、もっとすごいことをするけど」

「……っ！」

わざと耳元で囁かれた言葉に、身体中がカッと熱くなる。

「でもごめん、今さらやめてって言われても無理。もっと可愛い顔を見せて。……今度はベッドの上で」

「――キャッ⁉」

立ち上がった彼に軽々と抱き上げられ、そのまま寝室へと歩を進めていく。これからすることを考えると、やっぱり緊張して心臓が飛び出そう。

真っ暗な寝室に入ると、彼はそっと私を下ろしてベッドサイドのライトをつけ、覆い被《かぶ》さってきた。

妖艶《ようえん》で苦しそうに顔を歪める彼から男の色気を感じ、私の緊張はピークを迎える。

「……好きだよ」

けれど降ってきた愛の言葉に『私も』と答えるように、彼の首元に腕を回し、ギュッとしがみついた。

彼は甘く優しく、そして時々私の反応を見て意地悪なことを言って、気遣いながら大切に抱いてくれた。一生忘れられない、幸せな気持ちで満たして――。


「んっ……」

まどろむ意識の中、遠くから声が聞こえてゆっくりと瞼を開ける。

すると、彼……廉二郎さんは私に背中を向けた状態でベッドサイドに腰掛けて、何やら仕事の電話をしていた。

あれ……？　私……。

寝ぼけた頭をフル回転して状況を確認していくと、昨夜のことを思い出した。

そうだ、廉二郎さんと……。

鮮明に昨夜の情事が脳裏に浮かび、身体中が熱くなる。

彼も緊張すると言っていたのに、そう感じられないほどスマートだった。優しくて私を気遣う余裕もあって……。私はただ、彼に与えられる甘い温もりに酔いしれてばかりだったもの。

終始愛しそうに見つめられ、恥ずかしい顔を見られて、自分のものとは思えない声で啼《な》かされて。憧れの腕枕をしてもらって幸せな気持ちのまま眠りに就いたんだ。

最初から最後までプレイバックし終えると、恥ずかしさが爆発して思わず頭まですっぽりと布団を被った。

どうしよう、どんな顔をして廉二郎さんを見ればいいんだろう。世の中の恋人たちは、どうやって朝を過ごしているの？　そういった場面が描かれている漫画や小説をもっとしっかり読んでおけばよかった。それか恥を忍んで堀内さんに聞いていればよかったよ。

グルグルと想いを巡らせていると、いつの間にか電話を終えていた廉二郎さんに、布団ごと抱き寄せられた。

「おはよう、日葵」

朝だからか少しだけ掠れた声で囁かれ、ゾクリと震える。

「おはようございます」

それでもどうにか言葉を返すと、彼は私を抱きしめたまま笑いだした。

「朝からダンゴ虫になって、何やっているんだ？」

「そっ、それはですねっ……！」

かぁっと顔に身体中の熱が集中する。

今の心の状況をどう説明すればいい？　正直に話したら絶対笑われるよね？

「そろそろ顔を見せてよ。……おはようのキスがしたい」

おはようのキスがしたい、だなんて——。

「そんなことを言われては、ますます顔を出せません」

いっぱいいっぱいの私には、おはようのキスなんてハードルが高すぎる。

「じゃあ無理やりする」

「——えっ、わっ⁉」

勢いよく布団をはがされ、彼と目が合う。ドキッとしたのも束の間、すぐにキスが落とされ、今度は直にギューッと抱きしめられた。

「今度こそ、本当のおはよう」

「……おはよう、ございます」

もう、どうしてこんなに廉二郎さんは余裕なの？

それがなんだか悔しくて、顔だけ上げて彼を見据えた。

「本当に廉二郎さん、昨夜は緊張していたんですか？」

とてもじゃないけれど、私にはそう感じられなかった。

思わず聞いてしまうと、彼は目を瞬かせたあと、「当たり前だろ？」と言う。

だけど納得なんてできない。

「でも廉二郎さん、余裕があってとても緊張しているようには思えませんでした」

恥を忍んで正直に言うと、廉二郎さんは笑いながら言った。

「本当に余裕なんてなかったよ。……ただ、日葵を気持ちよくさせたかっただけ。それと俺でいっぱいにしたかった」

「なっ……！」

甘いセリフに口をパクパクさせてしまう。すると彼は唇の端を上げ、意地悪な顔を見せた。

「覚悟しておいて。これからもっと俺でいっぱいにするから」

申し訳ありませんが廉二郎さん、すでに私の中はあなたのことでいっぱいです。

……なんて正直には言えなくて、「……はい」と返事をすると、廉二郎さんは嬉しそうに微笑む。

今までの私は、家族のことと仕事のことばかりで頭がいっぱいだった。それなのに彼を好きになってからは、頭の中の大半を彼が占めている。こうしてふたりっきりでいると、廉二郎さんのことしか考えられなくなるくらいに。

今日は日曜日で仕事は休みだから、ベッドの中でひとしきり甘い時間を過ごした。それから起きてふたりで遅い朝食を食べたあと、彼の身の回りのことを一緒にやって、仲良く手を繋いでＤＶＤをレンタルして映画鑑賞。穏やかで幸せな時間が過ぎていく。

「あっ……もうこんな時間」

ＤＶＤを見終わる頃には夕方になっていた。

「本当だ。どうする？　夕食も食べていくか？　それとも明日は会社だし、帰るか？」

帰る……あっ！

彼の言葉にハッとし、ずっとバッグに入れっぱなしだったスマホを見ると、新着メッセージと着信が一件。

【今日は帰らないのかな？】

それはお母さんから送られてきたメッセージと、自宅からの着信だった。

しまった……彼の家に泊まるって連絡するのを忘れちゃってた。……どうしよう。

呆然としていると、彼も私のスマホ画面を覗き込んできた。

「悪い、俺も気づかなくて」

「いいえ、連絡するのを忘れていた私が悪いので」

すぐに【昨夜は連絡できなくてごめんなさい。今から帰ります】と返信した。

本当はもう少し廉二郎さんと一緒にいたいけど、お母さんたちを心配させちゃったし、今日は帰ったほうがいいよね。

「ごめんなさい、廉二郎さん。今日は帰りますね」

「あぁ、そのほうがいい。俺も一緒に行くから」

「――え？」

一緒に行く？　『送って行く』じゃなくて？

意味がわからず小首を傾げると、彼は苦笑い。

「無断で外泊させてしまったんだ。ちゃんと謝罪させてくれ。……それに日葵とは真剣に付き合っていることを、キミの両親にも知っていてほしいから」

「廉二郎さん……」

彼の気持ちが嬉しくて、涙が溢れそうになる。

「行こうか」

「……はい！」

身支度を整え、再び彼と手を繋いでマンションをあとにした。


日曜日の十七時過ぎということもあってお母さんはもちろん、お父さんも家にいた。

廉二郎さんと一緒に帰宅した私を見て、玄関先でお母さんは歓声をあげ、お父さんは複雑そうな顔を見せた。

「ただいま」

隣に立つ廉二郎さんの表情にも緊張しているのが見て取れる。

「まぁ桜さん、ようこそいらっしゃいました。やっぱり日葵、昨夜は桜さんと一緒だったのね」

「申し訳ありません、娘さんを無断外泊させてしまい」

すぐに謝罪する廉二郎さんに、お母さんは笑って「いいのよ、そんな」なんて言う。

「むしろ私は嬉しかったわ。日葵もやっと年頃になったんだって」

「お、お母さん……！」

廉二郎さんはいたたまれない様子で立ち尽くし、何も言わないお父さんの身体は小刻みに震えている。

どうしよう、この気まずい空気。

けれどそれも一瞬で、騒ぎを聞きつけた早苗がやってきて、廉二郎さんに勢いよく抱きついた。

その光景を見て、お母さんは「あらまぁ」と喜び、お父さんの表情はますます硬くなるばかり。

「母さん、上がってもらったらどうだ？」

「そうね」

ふたりのやり取りを聞き、早苗は大喜び。

「やったー。お兄ちゃん、こっちこっち」

「えっ、あっ……」

元気いっぱいの早苗に腕を引かれ、リビングに連れていかれる廉二郎さん。

困惑した表情で私を見る彼に顔の前で手を合わせ、『ごめんなさい』のポーズをすると苦笑い。

すぐに弟ふたりも部屋から出てきて、リビングへ入っていった。

玄関には、私と両親の三人だけが取り残された。

「あの、お父さんお母さん、無断で外泊しちゃってごめんなさい」

改めて謝ると、ふたりは顔を見合わせたあと、お母さんは「ふふふ」と笑い、お父さんは大きく息を吐いた。

「いいのよ、何も問題がなかったのなら」

「まぁ……母さんから彼のことは聞いていたしな。……だが、連絡はするんだぞ？心配するから」

「うん、ごめんね」

両親とこういう話をするのは初めてで、妙に照れ臭かった。

その後、お母さんと一緒に紅茶を淹れてお菓子をテーブルに並べ、家族皆で和やかに談笑した。

その際、彼は改めて両親に挨拶をしてくれたんだ。名刺を差し出し、私と真剣に交際していると。

「決して、軽い気持ちで日葵さんとお付き合いさせていただいているわけではありません。……結婚を前提に、交際させていただいております」

迷いなく放たれた言葉に、胸がいっぱいになる。

お母さんはもちろん、お父さんにも彼の誠実さが伝わったのか、廉二郎さんに深く頭を下げた。

「こんな娘ですが、どうぞよろしくお願いします」

お父さん……。

「桜さん、これからは自分の家だと思って遊びに来てくださいね。皆も喜びますし」

お母さん……。

ふたりの言葉に、涙がこぼれそうになる。

「ありがとうございます」

そして廉二郎さんも、やっと緊張が解けたのか笑顔を見せた。けれど感動的な場面を、やっぱり早苗をはじめ、弟たちは台無しにする。

「わーい！　ねぇねぇ、お兄ちゃん！　本当にいっぱい家に来てくれる⁉　そうしたら遊んでくれる？」

「俺も廉二郎さんに勉強教えてもらいたい」

「塾の先生より、教え方うまそう」

口々に言う皆に、両親が「やめなさい」と止めるものの、三人は聞く耳持たず。

騒がしくて幸せな光景に、こぼれ落ちた涙を私はそっと拭《ぬぐ》った。


「すみませんでした、遅くまで引き止めてしまって」

「いや、楽しかったよ。それに、こちらこそ夕食までごちそうになってしまい、すまない」

あれから廉二郎さんは家族につかまり、夕食をともにして兄弟たちとゲームをして。

そして最初は硬い表情だったお父さんともすっかり打ち解け、『今度一緒に酒を飲もう』とまで言われていた。

「泊まっていけばいいのに」とまで言いだした家族にギョッとし、明日も仕事だと伝え、廉二郎さんを半ば強引に家から連れ出し、やっと彼は解放されたのだ。

「明日も仕事なのにすみません」

家の外で申し訳なくて謝ってしまう。

時刻は二十二時を過ぎている。

大丈夫かな、疲れていない？

不安になる私をよそに、彼は首を左右に振り、嬉しそうに話してくれた。

「いや、全然だよ。むしろ楽しかった。あんなに大勢で賑やかに食事したのは初めてだったから。それに日葵の家族と少しでも仲良くなれたのかと思うと、幸せな時間だったよ」

「廉二郎さん……」

そんな風に言ってくれたの、廉二郎さんが初めてだ。友達でさえ家族の騒がしさにびっくりして、疲れるって言っていたのに。

「次会うまでに、ゲームの腕を上げておかないとな。……同じ物を買ったほうがいいかな」

本気で悩みだした廉二郎さんに、思わず笑ってしまった。

「買う必要なんてないですよ。廉二郎さんさえよければ、またいつでも来てください」

家族だけじゃない、あなたが家に来てくれたら誰より私が一番嬉しいから。

すると彼の表情は一変し、真剣な面持ちで私を見つめた。

「さっき、日葵のご両親に伝えたことは本心だから」

「えっ？」

ドキッとする私の手を握り、彼は微笑んだ。

「今すぐにじゃないけれど、俺はキミとの結婚を考えているってこと。……それだけはちゃんと覚えておいて」

「廉二郎さん……」

いいんですか？　そんな嬉しいことを言われちゃったら、一生忘れられませんよ？

廉二郎さんとの関係は、いつか終わりが来るかもしれないと不安に思ってきた。けれど、夢見てもいい？　あなたと生涯、ともに歩んでいける未来が訪れることを。身分とかそんなの関係なく、たった好きって気持ちひとつで、一緒にいられると。

すると廉二郎さんは、なぜか急に周囲を見回した。

「廉二郎さん？」

どうしたんだろうと思って声をかけると、彼は触れるだけのキスを落とした。

突然のキスに呆然とする。

固まる私の頭をクシャッと撫でると、最後にもうひとつ額にキスを落とす。そして「おやすみ」と囁いて車に乗り込み、帰っていった。

「……不意打ちはズルいです」

彼の運転する車がすっかり見えなくなった頃、やっと声が出た。手は最後にキスが落とされた額に触れる。

こんな幸せな気持ちを知ってしまっては、もう彼と離れることなんてできないんじゃないかな。この先もずっとずっと、廉二郎さんのそばにいられますように。

そう願うばかりだった。

その後も会えない日が続いたりすることもあったけれど、廉二郎さんとの交際は順調だった。彼のマンションでふたりの時間を過ごしたり、私の実家で家族と一緒に過ごしたりと、楽しくて幸せな時が流れていった。

そんなある日。

社長にサインを頼みに向かうと、彼は書類に目を通しながら全く仕事とは関係ないことを言ってきた。

「なぁ、井上くん。そろそろ私も、キミのご両親に挨拶に伺うべきではないだろうか？　いや、もういっそのこと、結納を済ませてしまおうか？」

人差し指を立てて提案してきた社長に、ため息が漏れる。

同じことを、もう何度言われてきたか。あまりに多すぎて頭が痛くなってきた。

「社長、何度もお話ししておりますが……」

「まだ早いんだろ？　わかっているよ」

私の声を遮って言うと、社長は背もたれに体重を預けた。

「でも言いたくもなる。たまに会うと廉二郎はいつも幸せそうで、こうして毎日顔を合わせているキミも、以前よりぐっと綺麗になった。……ふたりの交際が順調だとわかるからこそ言いたくなるんだ」

「社長……」

するとと社長はニッコリ笑い、再び問う。

「どれ、もう結婚式場を予約してこようか？」

「結構です」

丁寧にお断りすると、「つれないなー」と言いながら社長は笑いだした。

けれど、私も廉二郎さんと同じ時間を重ねていくたびに、彼との交際の先に結婚を意識するようになった。

朝起きたら一番に【おはよう】って挨拶をして、一緒に料理を作ったり家のことをしたり。休日はのんびり過ごしたり。時々、実家に立ち寄って皆で食卓を囲み、社長とともに三人で食事に出かけたりもしたい。

妄想は膨らみ、彼との結婚を夢見るようになっていった。

それから時は流れ、廉二郎さんと付き合い始めて三ヵ月が過ぎた。

この日も朝一番に出勤し、誰もいないオフィスに入り、バッグの中身を引き出しにしまい、机の上に貼られた伝言を確認する。

そして社長室の清掃に向かおうと立ち上がった時、スマホが鳴った。

「誰だろう、こんな朝早く……」

独り言を呟きながら確認すると、電話の相手は廉二郎さんだった。

珍しい。彼が平日の朝に電話をしてくることなんて、今まで一度もなかったのに。

もしかして何かあったの？

嫌な予感が頭をよぎりながらも電話に出ると、すぐに彼の焦った声が電話越しに聞こえてきた。

『悪い日葵、もう会社か？』

「はい、そうですが……」

『おはよう』もなしに聞かれた質問に答えると、信じられない話をされた。

『日葵……父さんが朝方倒れ、緊急搬送された』

「えっ……倒れたって、社長がですか？」

慌てて聞き返すと、弱り切った声で彼は言う。

『あぁ。俺も家の者に連絡をもらって駆けつけたばかりなんだ。今は治療中で状況はわからない』

嘘、そんな……。だって社長、昨日まで元気だったよ。いつもと変わらず、相変わらず廉二郎さんのことばかり嬉しそうに話していた。帰りを見送った時も、にこやかに手を挙げて『また明日』って言っていたのに……。

動揺して声が出ない。

『父さん、昨日まで元気だったよな?』

「あっ……はい」

『そうだよな。それなのにどうして……』

今にも泣きそうな彼の声に、自分を奮い立たせる。

戸惑っている場合じゃない。私は社長の秘書で、何より廉二郎さんの恋人でしょ?こういう時こそ支えないと。ふたりして動揺していたら、判断力も鈍ってしまう。

「廉二郎さん、社長が運ばれた病院を教えてください。私も同僚に説明をしてから、すぐに向かいますから」

幸い今日は、社長に外出や会食の予定はない。けれど、重役たちとの経営会議が入っている。各部署への連絡もお願いしないと。

頭の中でこれからするべきことを整理していると、力ない声が耳に届いた。

『……悪い』

こんなに弱々しい彼の声は初めて聞いた。でも、誰だってこうなるよ。私だってお父さんが急に倒れたら、もっと取り乱していると思うから。

社長、大丈夫ですよね？　廉二郎さんが幸せになって、孫を抱くまでは死ねないって言っていましたよね？　お願い、どうか無事でいて。

廉二郎さんから搬送された病院を聞き、出勤してきた上司に事情を説明して、同僚に指示を出し、急いで会社をあとにした。


タクシーで病院へ向かうと、緊急外来前で彼は長椅子に座ってうつむき、手を握りしめて待っていた。

そんな廉二郎さんの姿が痛々しくて、すぐに彼の名前を呼び駆け寄った。

「廉二郎さん！」

私の声に彼は肩を震わせ、ゆっくりと視線を向けた。

「社長は？」

彼の隣に腰掛けると、廉二郎さんは先ほど医師から説明されたようで、私にも話してくれた。

「父さん……今朝、食事中に急に胸の痛みを訴えたみたいで。幸い家政婦が近くにいて、すぐに緊急車を手配してくれて助かったよ。今、治療してもらっている」

「そうだったんですか……」

よかった、家政婦さんがすぐに気づいてくれて。対応が遅れていたらって考えると怖くなる。

「軽い心筋梗塞《こうそく》で済んだけれど、十日間から二週間ほど入院が必要らしい」

「心筋梗塞……」

それって心臓の病気だよね？　廉二郎さんは『軽い心筋梗塞』って言うけれど、だからって安心できるわけがない。

何より入院となったら、社長の仕事を彼が代わってやらなければいけなくなる。

今思い出せるだけでも、この先の十日間、スケジュールはびっしり埋まっていた。調整できるところはしたとしても、何件かは副社長である廉二郎さんに代行してもらわなければならないだろう。

大丈夫？　父親が倒れたってだけで相当な心労のはず。

──けれどそんな心配は、無用だった。

彼は深呼吸したあと、決心したように力強い声で言った。

「父さんには安心して治療に専念してもらえるよう、俺が頑張らないと」

彼は私を見据え、口元を緩めた。

「日葵……来てくれてありがとう。おかげで目が覚めた。ここで動揺している場合じゃないよな。父さんがいない間、俺がしっかり会社を守るから」

「……はい」

廉二郎さんは誰よりも責任感が強い人。心配する必要なんてなかったね。

「悪いが会社に戻って俺の秘書と、スケジュールの確認をお願いしてもいいか？　俺も入院手続きが済み次第、会社に向かうから」

「わかりました」

廉二郎さん、もう副社長モードになっている。立ち上がった彼に続いて私も席を立ち、彼に伝えた。

「仕事中は、私が社長の身の回りのことをいたします。なので、廉二郎さんは社長に代わって会社のほうを」

「……ありがとう」

少しだけ表情を崩して微笑む彼に、私にできることをして廉二郎さんを支えよう。そう心に誓った。

それから会社に戻ると、どこから漏れたのか社長が入院したことは広まっており、私たちは対応に追われた。

副社長の秘書たちと今後のスケジュールの調整を行い、私は仕事の合間に社長の身の回りのことをし、廉二郎さんも社長に代わって仕事に奔走する日々。

幸い、社長は入院したその日の夜には意識を取り戻した。

そして入院して五日目。

社長は順調に回復に向かっている。この日も仕事の合間に病院を訪れ、洗濯物をしたり、花瓶の水を替えたり。噂を聞きつけてお見舞いに来る取引先の対応、お見舞い品の整理を行っていた。

「井上くん、すまないね。キミにこんなことまでさせてしまい……」

申し訳なさそうに謝る社長に、努めて明るく言う。

「何言ってるんですか。これくらいのこと、させてください。……それよりもいいんですか？　安静になさらないといけないのに、お見舞い客を通して、ずっと対応されていて」

断ることだってできるはず。それなのに社長はひとりひとりと面会している。

病室の棚は、日に日にお見舞い品で溢れてきた。

「心配ありがとう。でも大丈夫。せっかく見舞いに来てくれたのに、会わずに帰らせるわけにはいかないだろう？」

「ですが……」

「本当に大丈夫だから」

笑顔で言う社長に、私はこれ以上何も言えなくなる。けれど、やっぱり心配だからなるべく日中は病院に来るようにして、見舞い客の対応に当たろう。

「日持ちしない物は、社のほうへ持っていきますね」

「あぁ、皆で食べてくれ。うちに送ってもらっても誰もおらんからな」

それにしても、すごい数。これは帰りはタクシー決定だ。

見舞い品の整理をしていると、社長は尋ねてきた。

「廉二郎はどうだろうか？　……ちゃんとやれているだろうか」

心配そうに聞いてきた社長を安心させるように、同僚から聞いている廉二郎さんの仕事ぶりを伝えた。

「はい、立派に社長の代役を務めていると聞いております」

「……そうか」

私の話を聞きホッとしたのか、社長は肩を撫で下ろした。

「ですので、社長はどうか今だけは仕事のことをお忘れになり、治療に専念なさってください。それが副社長のためでもございますから」

社長の代わりを廉二郎さんは必死に務めている。それは遠くから見てもわかるから。

「そうだな、廉二郎や会社の皆のためにも早く治して復帰しなくてはな」

「はい。私も協力いたします」

「……ありがとう」

社長の緊急事態に、廉二郎さんをよく思っていなかった重役たちも協力的だと、彼は言っていた。

だから社長は会社のことを心配することなく、静養してほしい。そう願うばかりだった。


しかし社長が入院して一週間。最悪なトラブルが発生した。

出勤して事務作業を終え、社長が入院している病院へ行こうとした時、秘書課の課長が慌ただしくオフィスに入ってきた。

「皆、ちょっと集まってくれ。緊急事態だ」

課長の言う『緊急事態』に緊張が走る。一体何があったんだろう。しかも社長が入院中に。

「日葵先輩、一体なんですかね」

「えぇ」

不安に襲われながら、堀内さんとともに課長のデスク周りに集まると、彼は深刻な面持ちで口を開いた。

「二年前に我が社が開発、販売した空気清浄機に不具合が見つかり、自主回収することが決まった」

えっ……自主回収？

課長の話に、オフィス内は騒がしくなる。

「今日、午後から会見を開く予定だ。その後、役員たちは各方面の対応に追われることになると思う。キミたちも全力でサポートに回ってくれ」

課長にそう言われるも、皆は動揺している。これまで一度も自社製品に不具合が見つかったことなどなかったし、自主回収もしたことがない。

よくテレビで不具合による注意点、自主回収のお知らせが流れているのを見たことがあるけれど、あれを我が社がすることになるなんて……。

どんなことが待ち受けているかわからない。でも我が社のイメージダウンは避けられないはず。そうなったら、どうなるのだろう。……中には、一度出たトラブルで自主回収に踏み切り、業績が悪化して倒産する会社もあると聞く。

「日葵先輩、うちの会社、大丈夫ですかね。このまま倒産ってことにはならないですよね？」

コソッと不安を吐露してきた堀内さん。

そんな彼女を安心させるように言った。

「大丈夫よ。そんなことになるわけがない。そうさせないためにも、私たちにできることをやりましょう」

「日葵先輩……」

それでもなかなか堀内さんの表情は晴れない。

「ほら、いつもの元気を出して。……副社長、今とても大変だと思うから、しっかり支えてあげて」

廉二郎さんはもうすでにこのことを知っているはず。対応に追われているかも。

本当は私がそばで支えてあげたいけれど、私は社長の秘書。私にできることは、社長が一日でも早く元気になるようサポートすることだと思うから。

「頑張って、堀内さん」

彼女の肩に触れて励ますと、堀内さんは大きく頷いた。

「はい！　精一杯、副社長を支えます！」

「うん、よろしくね。それじゃ私、社長のところへ行ってくるから」

「お疲れさまです。気をつけて行ってきてください」

「ありがとう」

それから課長や皆に声をかけ、会社をあとにした。

社長はこのことを知っているのだろうか。……いや、廉二郎さんのことだ。まだ社長の耳には入れていないかもしれない。

回復に向かっていて、このままなら退院できるかもしれないと聞いているし、そんな時に心労を負わすようなことは言わないはず。だったら私の口から話すわけにはいかない。今まで通りに接しないと。

病院に着き、エレベーターで病室のある階まで行き、社長の病室へ向かっていくと、騒がしい声が聞こえてきた。

「いいから退院させてくれ！」

「そんな困ります！　まだ検査結果も出ていないんですよ？」

「それどころじゃない、早く退院しなければいけないんだ！」

この声……社長⁉

急いで病室のドアを開けると、荷物をまとめようとする社長と、宥《なだ》めている看護師の姿が目に飛び込んできた。

「社長、何をなされているんですか！」

慌てて私も止めに入ると、社長は必死に訴えてきた。

「ちょうどよかった、キミからも退院できるよう言ってくれないか？　会社の一大事に、のうのうと入院などしていられない。会社に行かせてくれ」

「社長……」

懇願する社長の姿に、心が大きく揺れる。

まだ社長の第一秘書に就いて一年も経っていないけれど、ずっとそばで仕事をしてきたんだもの、社長の会社に対する思いを誰よりも理解しているつもり。

廉二郎さんと同じく責任感が強くて、社員のことを誰よりも一番大切にしている方。

だからこそこんな事態に陥り、自分が現場にいられないことを許せないんだと思う。……思うけど――。

「社長、退院はダメです」

「井上くん！」

　珍しく声を荒らげる社長に怯《ひる》みそうになるも、自分を奮い立たせる。

「ここで社長がご無理をなさり、ますます症状が悪化されたらどうするんですか⁉

自主回収自体初めてで、きっと社内は混乱します」

「……っ！　だからこそ私が出ていくべきだろう！」

　叫ぶ社長を落ち着かせるよう、冷静に言った。

「しっかりお身体を直し、万全の体勢でないと意味がございません。中途半端なまままたご無理をされたら、一番迷惑をこうむることになるのは、廉二郎さんですよ⁉」

　廉二郎さんの名前を出すと、社長は押し黙り、顔を伏せた。

「社長のお気持ちはわかります。ですが今は、一日でも早く元気になることを考えてください。それが私たち社員のためでもあり、廉二郎さんのためでもありますから」

「井上くん……」

　私の気持ちを理解してくれたのか、社長は大きく瞳を揺らして、身体の力が抜けたようにベッドに腰掛けた。

その様子を見て看護師も、もう大丈夫だと判断し「失礼します」と言い、去っていった。

「社長、どうぞ横になられてください。確か今日は検査の予定でしたよね？」

「……あぁ」

力なく言うと、社長は言われるがままベッドに横たわった。

私は布団をかけ、近くの椅子に腰掛けた。

「廉二郎さん、言っていましたよ。社長が安心して治療に専念できるよう、自分が頑張らないと、って」

以前、廉二郎さんが言っていたことを伝えると、社長は目を丸くさせた。

「廉二郎がそんなことを？」

「はい。……それと、社長がいない間、しっかり会社を守るとも」

力強い眼差しで言っていたのを、鮮明に覚えている。

「だから今、廉二郎さんは社長の分もそれはとても懸命に働かれております。……心配で、社長自ら出ていきたいお気持ちも重々承知しております。しかし今は、廉二郎さんに任せてみませんか？　きっと彼ならこのピンチも切り抜けてくれるはずです」

社長と同じく仕事に対して真摯に取り組み、会社のことを常に考えている人だから。

そんな廉二郎さんを信じてほしい。

次第に社長の瞳は赤くなっていき、笑みをこぼした。

「そうだな、ここは廉二郎を信じて私は静養するべきだ」

「……はい」

やっといつもの社長に戻ってくれて、私も口元が緩む。

「しかし、驚いたよ」

「えっ？　驚いたとは？」

意味がわからず聞き返すと、社長はニヤリと笑った。

「キミが廉二郎のことを『廉二郎さん』と呼んでいることだよ」

「……っ！　失礼しました。……つい」

やだ、社長の前では『副社長』と呼んでいたのに……。

すぐに謝罪するものの、社長は首を横に振る。

「いや、キミと廉二郎の仲が垣間見られた気がして嬉しいよ」

そう言うと社長はゆっくりと起き上がり、真剣な表情で私に深く頭を下げた。

「社長？　何をっ……！」

慌てる私に、社長は頭を下げたまま言った。

「どうか廉二郎を支えてやってくれ。……私の分までどうか」

「社長……」

社長は拳をギュッと握りしめた。

誰よりも廉二郎さんのことを心配しているのは、きっと社長だ。そばにいられず、力にもなれない現状にもどかしさを感じているはず。

私にできることなんて、何ひとつないと思う。でも社長の言う通り、支えることはできる。

「社長、顔をお上げください。もちろん私は、全力で廉二郎さんを支えさせていただきます」

しっかりと伝えると社長は顔を上げ、安堵した。

「ありがとう……！　廉二郎をよろしく頼む！」

「……はい」

彼の恋人として私にできる精一杯のことをしたい。強くそう誓った。

その日の夕方、廉二郎さんと重役たちはたくさんの報道陣の前で、記者会見を開いた。私も会社に戻り、その様子をテレビ越しに見守っていた。

深々と頭を下げて謝罪する彼の姿に、胸が痛くなる。

就業時間終了間近、一斉に社内メールが送信された。空気清浄機の不具合に関する対応マニュアルと、それに伴い、我が社は多額の負債を負うことが記されていた――。


「まだいない……よね」

この日の二十時半。

合鍵を使って、久しぶりに訪れた廉二郎さんのマンション。極力、彼の邪魔をしたくなくて、訪れることもこちらから連絡を取ることも控えていた。

けれど、今日のテレビで憔悴《しょうすい》した廉二郎さんを見て、心配でたまらなくなり、せめて彼の身の回りのことだけでもしたいと思ったのだ。

「お邪魔します」

真っ暗な室内に明かりを灯《とも》すと、部屋は少々荒れていた。きっと掃除する暇もなかったはず。冷蔵庫の中を覗くと中は空。もしかしたら、まともにご飯も食べていないのかもしれない。

「……よし！」

エプロンをつけて、まずは部屋の掃除とたまっていた衣類の洗濯に取りかかった。

次にキッチンへ立ち、保存できるおかずを作っていく。疲れて帰ってきても、レンジで温めて食べられるように。

乾燥機で乾いた洗濯物を畳み、ワイシャツのアイロンをかけ、作り置きの料理を容器に入れて保存し終える頃には、二十二時を回っていた。まだ帰ってこないのかと心配しながら、容器を冷蔵庫にしまっていると、玄関のドアが開く音が聞こえてきた。

キッチンからリビングに出ると、慌ただしくドアが開いた先には久しぶりに会う廉二郎さんがいた。

「日葵……」

私を見ると、どこかホッとした顔をする彼に照れ臭くなる。

「すみません、連絡もしないで来ちゃって」

「いや、嬉しいよ。……ずっと会いたかったから」

そう言うと彼はバッグを放り、私を抱き寄せた。

久しぶりに彼の温もりに包まれ、幸せな気持ちで満たされる。両手を彼の背中に回し、私も彼に抱きついた。

「廉二郎さん、大丈夫ですか？　疲れていません？　無理していませんか？」

心配で抱きしめられたまま問うと、彼はクスクスと笑った。

「大丈夫。……それに日葵のおかげで元気出たから」

そして、さらにきつく抱きしめられて胸が鳴る。

ずっとこうしていたいけれど、今日自分がここに来た理由を思い出す。

「廉二郎さん、ご飯は食べましたか？　まだでしたら軽く何か作りますよ」

「じゃあ、お願いしてもいいか？」

「もちろんです」

身体がゆっくりと離される。

「作っている間に着替えてきてください」

「ありがとう」

早速作ろうとキッチンへ向かおうとした時、腕を引かれて引き止められた。

「えっ……」

振り返ると、唇に温かな感触。触れるだけのキスはすぐに離れ、廉二郎さんは「着替えてくる」と言うと、リビングから出ていった。

「びっ……くりした」

久しぶりのキスに戸惑いを隠せない。……でも嬉しくて顔がニヤける。

早く作ろう。

急いでキッチンへ向かい、消化にいい野菜たっぷりのうどんを作った。

けれど作り終えても、いまだに廉二郎さんは着替えに行ったまま、寝室から出てこない。

もしかしたら、疲れて寝ちゃっているのかも。

そう思い、寝室のドアをそっと開けると、彼は私に背を向けた状態で電話していた。

すぐに閉めようとしたけれど、聞こえてきた荒々しい声に手が止まる。

「あぁ、わかっている！　そこはしっかり協議して対策を考えていくから」

相手は……重役だろうか。

数センチの隙間《すきま》から鮮明に彼の声が聞こえてくる。

「大丈夫だ、そんなことはさせない。俺がなんとかする」

少しして電話を切ると、廉二郎さんは深いため息を漏らし、手にしていたスマホをベッドに投げ捨てた。

廉二郎さん……私の前では平気なフリをしているけれど、全然平気なわけないよね。

彼はそのまま力なくベッドに腰掛けた。

痛々しい姿を見ても、私には何もできないのがつらい。せめて私の前では弱音を吐いてほしいのに……。苦しくてつらくて泣きそうになり、気づかれないようドアを閉めてそのまま寄りかかった。そして天井を仰ぎ、固く瞼を閉じる。

私が落ち込んでどうするの？　社長にも言われたじゃない、廉二郎さんを支えてほしいって。私がしっかりしていれば、きっと廉二郎さんも弱音をこぼすかもしれない。私まで一緒になって悲しんでいたら、ダメだよね。

一度大きく深呼吸をし、笑顔を作ってドアをノックした。

「廉二郎さん、できました」

すると、ドアの向こうから彼の声が聞こえてきた。

「悪い、すぐ行く」

「わかりました」

キッチンへ戻り、再度うどんを温め直す。

食べて元気を出してほしい。私の前では無理しないでほしい。

……けれどそんな私の願いも虚しく、彼はやっぱりいつも通りで、私の前では決して弱い姿を見せることも、弱音を吐くこともなかった。

そして断る私を押し切って、疲れているのに自宅まで送り届けてくれたんだ。

「それじゃ日葵、今日は本当にありがとう」

「いいえ。……あの、廉二郎さん」

「ん？」

首を傾げる彼はいつもの彼だ。……それが私にはつらい。

「あの、無理だけはしないでくださいね。それと私のこと、いつでも呼んでください」

違う、こんなことを言いたいんじゃない。『もっと私を頼ってください』『甘えてほしいです』……その言葉が出てこない。

だって彼はきっと私の前だからこそ、強がっていると思うから。弱いところを見せたくないんでしょ？　それがかえって私を苦しめているとも知らずに。

歯がゆい思いに悩まされる。

気づかない彼はぎこちない笑顔で「ありがとう」と言い、去っていった。

彼の運転する車が見えなくなった方向を見つめたまま、動くことができない。

付き合うってなんだろう。恋人同士って何？　結婚しているわけじゃないから家族ではないけれど、親しい間柄。友達よりもずっとずっと。

それなのに彼が苦しんでいても、私にはできることがない。廉二郎さんのためになりたくて家に行ったけれど、無理に笑わせて、こうして送らせてしまった。

かえって疲れさせちゃったんじゃないかな？

そう思うと自分の存在意義ってなんだろう。彼がつらい時、何も力になれないのに、恋人と呼べるのだろうか。

『正しいプロポーズのススメ』

廉二郎さんたちの記者会見の翌日から、我が社は大混乱に陥っていた。各部署で協力してコールセンターに社員を派遣し、対応に追われていた。

心労がたたり、社長の入院期間は延び、それがまた社員たちの不安を煽った。

『こんな創設以来の大事件の時に、社長がいないなんて』と嘆く者、『副社長で大丈夫なのか』と不満を口にする者など、様々だった。

自主回収が始まって三日目。受付から内線が入った。

「はい、秘書課です」

一番近くにいた私が出ると、電話越しからは受付社員の焦った声が聞こえてきた。

『すみません、受付です。先ほど、副社長に会わせろと来社された女性がおりまして。副社長は外出中ですとお伝えしたのですが、そちらに向かわれてしまって』

「えっ……そちらって秘書課ですか？」

『はい。秘書に直接聞くからいいと』

次の瞬間、秘書課のドアが勢いよく開いた。

一瞬にしてオフィス内は静まり返る。突如秘書課に乗り込んできたのは、見知らぬ女性だったから。

彼女は室内を見回したあと、奥の課長の席のほうへとスタスタと向かっていく。

「すみません、今いらっしゃったので一度切ります」

受付の社員に伝え、内線を切った。

身長百五十センチほどの小柄なその女性は、大きなクリッとした目に似合う、肩まであるふわふわの髪を揺らし、臆することなく室内をズンズンと進んでいく。そして唖然とする課長のデスク前で立ち止まった。

「ねぇ、廉二郎はどこ？　いつ戻ってくるの？」

廉二郎さんのことを呼び捨てにした彼女に、オフィス内はどよめきだす。それはもちろん私も――。

彼女は一体誰？　廉二郎さんとはどんな関係なのだろうか。

突如現れた彼女に大きく揺れ動く心。戸惑いの中、課長はどこかに電話をかけ、何やら廉二郎さんのスケジュールを確認している様子。そして電話を終えると彼女を案内し、オフィスを出ていった。

一向にどよめきが収まらない秘書課内で、私は困惑していた。

廉二郎さん、誰かを本気で好きになったことは一度もないって言っていたよね？　もしかして彼女は元カノ？　名前で呼ばれるほど親しい関係なんだよね？

「うわーびっくりしましたね、日葵先輩。あの人、副社長の恋人ですかね？」

「……う、ん」

堀内さんが駆け寄ってきて話しかけられても、うまく返せない。

本当にあの人は誰なの？　廉二郎さんにとって、どんな存在？

しばらくの間、秘書課内は騒がしいままだった。

その後、彼女はlovelyの社長令嬢、二階堂《にかいどう》朱美《あけみ》さんだと知った。父親同士が仲良いんだもの。もしかしたら廉二郎さんと彼女も、幼い頃から仲がいいのかもしれない。幼なじみなのかも……。

「幼なじみ……か」

帰宅後、すっかり愛読書になった漫画を久しぶりに読みながら、ため息を漏らしてしまう。

私には幼なじみという存在はいない。でも最強の存在だよね。だって物心ついた頃からずっと知り合いなんだもの。私の知らない廉二郎さんをたくさん知っているってことでしょ？

そう思うとモヤモヤする。彼女がどういった理由で今日、わざわざ会社にまで来たのかわからないから、余計に。今まで一度も訪ねてきたことなんてなかったのに、なぜ急に……？

モヤモヤは広がっていき、これでは埒《らち》が明かない。寝て忘れてしまおう。

読んでいた漫画を本棚にしまい、歯磨きを済ませて部屋に戻ると、スマホが鳴った。

「もしかして……」

テーブルの上に置いてあるスマホを急いで確認すると、電話の相手はやっぱり廉二郎さんだった。

「もしもし、廉二郎さん？」

急いで電話に出ると、すぐに愛しい人の声が届いた。

『ごめん、今大丈夫か？　もしかして寝ていた？』

「いいえ、全然です。……廉二郎さんは今帰ってきたんですか？」

『あぁ』

大きく息を吐いた彼から、すぐに疲れているのだと気づく。時計を見れば二十三時を回っていた。こんな時間まで仕事をしていたなんて……。

「お疲れさまでした。……身体、大丈夫ですか？　無理していませんか？」

心配で尋ねると、彼はクスリと笑った。

『大丈夫だよ。……最近の日葵はそればかりだな』

「当たり前です」

心配するに決まっている。私の前では弱音を吐いてくれないもの。

『ありがとう。日葵に心配してもらえるだけで充分。あ、それより今日は悪かったな。朱美が突然秘書課に乗り込んできたんだって？　聞いてびっくりしたよ』

彼の口から出た『朱美』に、胸がズキッと痛む。

彼女が彼のことを『廉二郎』と呼んでいるように、廉二郎さんも彼女のことを『朱美』と呼んでいるんだ。名前で呼ばれているのは私だけだと思い込んでいた自分が恥ずかしい。そんなことなかったのに。

『日葵？　どうかした？』

何も言わない私を不思議に思い、かけられた声にハッとなる。

「あ、いいえ。ただその……二階堂さんとは、どういった関係なのかと思いまして」

思わず聞いてしまった。だって気になるから。

すると彼はすぐに話してくれた。

『彼女とは父親同士が仲良かったせいか、幼い頃よく遊んでいたんだ。大人になっても、何度か会ったりしていた。……だから、今日は心配して来てくれたんだ』

「そうだったんですね……」

やっぱり幼なじみだったんだ。

廉二郎さんの口から直接聞けて安心した自分と、まだちょっぴりモヤモヤしている自分がいる。だって大人になっても会っていて、心配して会いに来るほど親しい関係なんでしょ？

そう思うと、醜《みにく》い感情に覆われる。

すると彼は、からかうように聞いてきた。

『何？　もしかしてヤキモチ焼いてくれたの？』

「えっ？」

『急に何も言わなくなったから』

ヤキモチ……？　そっか、これがヤキモチなんだ。モヤモヤして、黒い感情に悩まされることをヤキモチって言うんだ。

妙に納得できると、不思議と気分が晴れていく。

『もしかして図星？』

再びからかい口調で尋ねてきた彼に、素直な想いを口にした。

「ヤキモチを焼いたらダメですか？」

だって私は廉二郎さんのことが好き。だったらヤキモチを焼いて当たり前よね？

思ったことを伝えると、急に黙り込んでしまった彼。「廉二郎さん？」と名前を呼ぶと、電話越しに深いため息が漏れた。

『勘弁してくれ。……今すぐ日葵のことを抱きしめたくなるから』

「な、に言って……」

悩ましげに囁かれたひと言に、顔が熱くなる。

ひと呼吸置くと、彼は優しい声色で言った。

『なぁ、日葵……。父さんが退院して会社が落ち着いたら、日葵のご両親にちゃんと挨拶させてくれないか？』

「えっ……？」

それはつまり……？　その答えを彼は力強い声で言った。

『もう日葵のいない人生は、俺には考えられないから。だからもう少し待ってて』

「廉二郎さん……」

彼の想いが嬉しくて泣きそうになりながらも、「はい」と返事をした。

私も廉二郎さんと同じ。彼のいない人生なんて考えられない。よく何年も付き合って同じ時間を過ごして、そこで初めて結婚が見えてくるというけれど、時間なんて関係ないよね。大切なのは気持ちでしょ?

「おやすみ」と挨拶を交わして電話を切ったあとも、幸せな気持ちで胸がいっぱいになる。

大丈夫、何があってもずっと廉二郎さんと一緒にいられるはず。スマホを胸の前でギュッと握りしめ、強く強く願った。

しかし自主回収の影響もあってか、軒並み好調だった自社製品の売れ行きは低迷。経営危機なのでは?と社内で囁かれるようになった。社長の退院の目処《めど》がいまだに立たないのも要因かもしれない。

周りがどう言おうと、私にできることをするのみ。この日も社長が入院している病院へと向かった。

「社長、失礼します。井上です」

ドアをノックして入ると、そこには社長のほかにlovelyの社長と、先日我が社を訪れた朱美さんの姿があった。

「大変失礼いたしました」

すぐに謝罪し、病室から出ていこうとしたものの、社長に「いてくれてかまわない」と引き止められ、足を止める。

そう言われると、出ていくわけにはいかないけれど……それでもやっぱり気まずい。

lovelyの社長と彼女に一礼し、端に立った。

「彼女は私の第一秘書なんだ。彼女がいてもいいだろ？」

「あぁ、もちろん」

lovelyの社長、二階堂社長にそう言われ、ホッと胸を撫で下ろす。そのままチラッと彼女……朱美さんを見る。

こうやって間近で見ると、ますます可愛い。私より年下だよね？　きっと。

廉二郎さんはこんなに可愛い子が幼い頃からずっとそばにいて、好きになったりしなかったのかな？　私が男の子だったら、間違いなく好きになっちゃいそうなのに。

そんなことを考えていると、二階堂社長は本題に入った。

「桜、今回のことは大変だったな。旧友として、できることはなんでもしたい。桜さえよければ援助をしたいと思っている」

突然の申し出に、社長は歓喜した。

「本当か⁉　悪い、恩に切る……！」

「俺とお前の仲だ。当然のことだ」

本当に……？　それは願ってもないことだ。lovely に援助してもらえたら、きっと軌道に乗ることができるはず。

社長と同じく喜んでいると、二階堂社長はある提案をしてきた。

「援助はする。それも親族としてだ」

「どういう意味だ？」

社長が表情を硬くする横で、私にも緊張が走る。だって親族としてってことは……。

「昔、よく話していただろ？　仲良く遊ぶ朱美と廉二郎くんを見て、いつかふたりを結婚させて親戚になりたいなと」

「それはそうだが……」

戸惑う社長に、二階堂社長は笑顔で続ける。

「子供たちの婚約と同時に、援助の発表をする。そのほうが話題になると思わないか？　祝福モードに持っていき、Bright のイメージアップも図れるだろうし」

二階堂社長に続き、朱美さんも口を開いた。

「私も父の考えに賛成しています。それに私はずっと、結婚するなら廉二郎と、って決めていましたから」

彼女の話にドクンと胸が鳴る。

結婚するなら彼と、って決めていたってことは、もしかして朱美さんは廉二郎さんのことが好きなの？　そんな――。

頭の中は混乱し、呆然と立ち尽くすことしかできない。

「どうだ桜、悪い話ではないだろう」

声高々に笑う二階堂社長に、社長はチラッと私を見たあと、二階堂社長に伝えた。

「廉二郎の問題だし、少し考えさせてくれないか」と。

その後、上機嫌で帰っていった二階堂社長と朱美さんを玄関先まで見送り、トボトボと重い足取りで病室まで戻っていく。

朱美さんと廉二郎さんが結婚。……我が社にとっては願ってもない話だよね。

でも社長と廉二郎さんが二階堂社長の申し入れを受け入れるということは、私と廉二郎さんの関係が終わることを意味している。

「戻りました」

病室に戻ると、社長はすぐに私に言ってくれた。

「私は父親として、廉二郎の気持ちを無視するようなことはしたくない。あいつの援助なしにどうにか会社を立て直してみせるから、井上くんは何も心配せず、廉二郎を支えてほしい」と。

社長の気持ちは嬉しい。でも、本当にそれでいいの？

「わかりました」

そう言うものの、私の心は大きく揺れていた。

私には廉二郎さんのためにできることが何もない。ただそばにいることしか。でも彼女は違う。会社を立て直すことができる。

不安と戸惑いは募るばかりだった。

どこから漏れたのか、lovely の援助の噂はあっという間に社内中に広まり、これでもう会社は大丈夫だと安堵する者がたくさんいた。

援助の噂と同時に、廉二郎さんと朱美さんの婚約の噂も、瞬く間に広がった。

社長からは、まだ二階堂社長には返事をしていないと聞いている。それなのに噂だけがひとり歩きしている状況だった。

噂は廉二郎さんの耳にも入り、昨夜電話がかかってきた。

『父さんから、lovely の援助の話を聞いたけれど、俺も父さんも受けるつもりはない。

朱美とは婚約などしていないから』
はっきりと伝えられたものの、会社の現状を知っているからこそ本当にそれでいいのかと、心の中はモヤモヤしたままだった。

それから数日後。仕事を終え、残っている同僚に挨拶をして退社した。すると、たくさんの人の中で見覚えのある人物を視界が捕らえ、足が止まる。

だってエントランスにいたのは、朱美さんだったから。

もしかして廉二郎さんに会いに来たのかな。でもそれならこの前のように直接副社長室に行くはず。じゃあ誰を待っているんだろう。気になるものの、私には関係のない話だよね。

再び足を進め、彼女の横を通り過ぎると、「待って！」と声をかけられ、立ち止まる。振り返ると、朱美さんがこちらをジッと見ていた。

嘘、もしかして彼女が待っていたのは私？　でもなぜ？

朱美さんは混乱する私のもとへ来ると、私をまっすぐ見つめて言った。「話があるの」と。

彼女に導かれるまま近くのカフェに入り、注文したカフェオレが運ばれてきた。

「どうぞごゆっくりお過ごしください」

ふたつのカフェオレをテーブルに並べると、店員は去っていく。

すると朱美さんは、早速、運ばれてきたカフェオレを飲む。その様子を窺いながら、私の頭の中はクエスチョンマークで埋め尽くされていた。

彼女が言っていた〝話〟ってなんだろう。……やっぱり廉二郎さんのこと？　もしかして、私と廉二郎さんの関係を知っている？

すると彼女はカップをテーブルに置き、鋭い眼差しを向けて喧嘩腰で言ってきた。

「廉二郎から全部聞いた。あなたと結婚を前提に付き合っているって。だから私と婚約するわけにはいかない、援助もいらないって」

廉二郎さんも言っていたけれど、朱美さんから直接聞き、何も言えなくなる。すると彼女はイラ立った様子で畳みかけてきた。

「私はあなたが廉二郎と出会うずっと前から、彼のことを知っているの。昔から廉二郎は誰かを本気で好きになることはなかったし、結婚も父親が決めた人とするって言っていた。だから私は彼が一人前になるまで待っていたのに、どうしてあなたなの？　今、彼に必要なのはあなたじゃない。私でしょ？」

彼女の言葉が鋭い矢と化して、胸に深く突《さ》き刺さる。

ずっとモヤモヤしていた。廉二郎さんが好き。これから先もずっと一緒にいたい。でも、本当に私がずっとそばにいてもいいのかなって。

私には弱音を吐いてくれない。でも朱美さんには違うのかもしれない。昔から気心が知れているからこそ、彼女にはグチをこぼしているのかも。

私には、会社のピンチを救うことなどできない。

……でも朱美さんは違う。廉二郎さんが朱美さんと婚約をしたら、すべてがうまくいく。それに彼女と一緒になったほうが、彼も社長も幸せになれるんじゃないのかな。

何も言えない私を、朱美さんは責め立ててきた。

「本気で廉二郎のことが好きなら、身を引くべき。そうすれば、すべてうまくいくんだから」

「……っ！」

その通りだと思う。私がいなければすべてうまくいくんだ。頭ではそう理解していても、心がそれを許さない。だって私は廉二郎さんのことが好きだから。

肯定することも否定することもできずにいると、朱美さんは先ほどとは打って変わり、訴えるように言ってきた。

「あなたがいる限り、彼は援助を受けないと思う。このままじゃ会社の経営は傾く一方よ。……社長秘書を務めるほど優秀なあなたなら、今後自分がどうするべきかわかるでしょ?」

彼女の言葉に、膝の上で拳をギュッと握りしめた。

そんなこと、あなたに言われなくてもわかっている。……わかっているから苦しいんじゃない。それなのに、何も言い返せない自分が悔しい。だって朱美さんの言っていることはすべて正しいから。

すると彼女はメモ紙を取り出し、ペンを滑らせていく。

「もちろん、簡単に会社を辞めてなんて言わないわ。再就職先は私が手配してあげる。決心がついたら連絡して」

連絡先が書かれたメモをテーブルの上に置くと、伝票を手に立ち上がった。

「あ、払います」

奢ってもらうわけにはいかない。そう思い申し出たものの、冷たい目が向けられた。

「結構です。……あなたに奢られたくないから」

そんな――。

そう言うと、彼女は会計を済ませて去っていった。ひとり残された私は、朱美さんが置いていった連絡先が書かれたメモ紙を呆然と眺める。

ずっとずっと思い悩んでいた。私が廉二郎さんのそばにいていいのか。彼を支える力が私にあるのかを。

秘書課に勤めていると、一般社員よりも経営状態に関する情報が入ってくる。朱美さんの言う通り、このままではうちの会社は経営が傾く一方だと思う。再建を図るには援助を受けるべきだし、そうする道しかない。

社員として、そして社長秘書として、廉二郎さんに援助を受けるように言うべき。けれど彼の恋人としては、言えるわけがなかった。

まだ廉二郎さんとは付き合って日が浅いけれど、私にとって廉二郎さんはなくてはならない存在になっているから。彼との未来を思い描いていたからこそ、一緒に過ごせない未来など考えたくなかった。

じゃあ、私は一体どうすればいいんだろう。

答えは、簡単には出るはずもなかった。

それから悩みながらも時間だけが過ぎて、三日後。

この日は常務の秘書の助っ人に入り、外出に同行していたため、社長が入院する病院へ日中伺うことができなかった。

仕事終わりに、着替えだけを取りに急いで病院へ向かう。

時刻は十八時半。面会時刻は十九時まで。

どうにか間に合ってよかった。

病院に着き、ホッとしながら病室へ向かうと声が聞こえてきた。

誰か面会にいらしている？　だったら私は邪魔よね。

引き返そうとしたものの、少しだけ開いていたドアから鮮明に聞こえてきた声に、足が止まる。だって、その声は社長と廉二郎さんのものだったから。

嘘、廉二郎さん？　だったら入っても大丈夫だよね。

しかし次に聞こえてきた悲痛な声に、ドアを開けようとしていた手が行き場を失う。

「父さん、俺はどうするべきだろうか。……日葵と出会う前の俺だったら、迷いなく朱美の親父さんの援助を受ける、朱美と婚約すると言うと思う。でも今は違う。俺には日葵がいる」

廉二郎さん……。

彼の本音に触れ、胸がズキズキと痛みだす。

そう、だよね。……廉二郎さん、援助は受けるつもりはない、婚約もないって言っていたけれど、迷うよね。だってどう考えても、会社のためにも援助を受けるべきだもの。きっとそれを邪魔しているのは私の存在――。

「もちろんお前の気持ちはわかっている。あと少しで私も退院できると思う。そうしたら、ふたりでまた一から立て直せばいい。お前はお前の幸せだけを考えてほしい」

社長の思いに、廉二郎さんは口を結んだ。ドアの隙間から見える、彼の背中が痛々しい。

「だけど、父さんが復帰するまでにどうにかしないと。一から立て直すこともできなくなるかもしれない」

不安な思いを吐露する廉二郎さんに、社長は明るい声で励ました。

「大丈夫だ、きっと道はある。だから廉二郎、お前が心配することない。焦って誤った判断だけはしないでくれ」

廉二郎さんの肩をつかみ、懇願する社長。けれど次の瞬間、急に胸を押さえて苦しみだした。

「父さん？　おい、父さん⁉」

「社長っ⁉」

不測の事態に慌てて私も病室に入り、すぐにナースコールをした。

「すみません、すぐに来てください！　胸を押さえて苦しんでいます！」

『わかりました、すぐに伺います！』

その間も、社長は胸を押さえて苦しみ続けている。突然私が現れたことに驚く廉二郎さんだけれど、すぐに看護師と医師が来てくれて、社長の治療が始まった。

幸い、大事には至らなかったものの、医師から入院がさらに長引くことを告げられた。社長は今は薬で眠っており、会うことができず、私と廉二郎さんは病院をあとにした。

「悪かったな、今日は遅くまで」

「いいえ、でもよかったです。社長の容態が落ち着いて」

「……あぁ」

廉二郎さんが運転する車で自宅に向かっているものの、会話は途切れ途切れ。ただまっすぐ前を見据え、流れる景色を眺めている間、チラチラと運転席から視線を感じていた。

もしかしたら廉二郎さんは、社長との会話を私に聞かれたのではと気にしているのかもしれない。そう思い、つけ足すように言った。

「でもびっくりしました。ちょうど病院に着いたら、社長が苦しまれていたので」

「あ、あぁ……そうだよな。俺も父さんが突然苦しみだして、気が動転して……。ちょうどタイミングよく日葵が来てくれて助かった」

私の話を聞き、彼はどこか安心しているようにも見える。

「ますます俺が頑張らないと」

「そう、ですね……」

返事をしながら胸が痛くなる。廉二郎さんは社長が倒れてから、私の前で弱音を吐かない。現に今だって……。

社長に漏らした言葉が本音なんですよね？　本当は今、すごくつらい立場なんですよね？　どうして私には、そのことを話してくれないのだろう。

私の前では強がっているのが見て取れて苦しくなる。……でも、彼を苦しませているのは私のせい――。

自宅前に着き、私はすぐにシートベルトを外して車から降りると、彼は運転席の窓を開けて顔を覗かせた。

「それじゃ、おやすみ」

「はい。……送ってくださり、ありがとうございました」

廉二郎さんが運転する車が去っていく。

見送ったあと、家に入ると皆寝ているようでシンと静まり返っている。

そのまま明かりもつけず、リビングのソファに力なく腰を下ろし、背もたれに体重を預けた。

「もう……苦しませたくない、な」

誰もいない室内に響く自分の声。

人を好きになって初めて知った。廉二郎さんが苦しいと、私もこんなにつらいんだってことを。もうこれ以上、廉二郎さんの悲痛な姿を見たくない。今、彼のそばにいたって、私もつらく悲しくなるだけだもの。

ゆっくりと立ち上がり、自分の部屋へ向かった。


一週間後――。

「井上くん、これは……？」

誰もいない小会議室で、驚く課長に渡したのは辞表。

「会社が大変な時に、申し訳ございません。……それを重々承知しての決断です。どうかご理解ください」

課長に向かって深々と頭を下げた。

「井上くん……」

辞表を書いても、すぐには提出することができなかった。だってそれは、廉二郎さんとの別れを意味しているから。

けれど、一週間考えて迷って悩んで、こうするしかないと思った。私がいなくなれば、すべてうまくいくもの。廉二郎さんも社長も、会社の皆も幸せになれるんだ。

「退社の日までに、しっかりと引継ぎはいたします。何かとご迷惑をおかけしてしまうと思いますが、よろしくお願いします」

再び深く頭を下げると、私の意思は固いと悟ったのか、課長は小さく息を吐いた。

「優秀なキミがこれを提出してきたんだ、よほどの事情があるんだろう。……大丈夫、キミが抜けたあとも皆でしっかり力を合わせるから」

「すみません」

理解してもらえてよかった。

「あ、それとひとつお願いがございます」

「なんだ？　今まで頑張ってきてくれたキミの願いなら、なんでも聞こう」

「ありがとうございます。どうか私が辞めることは、社長や副社長のお耳には入れないようお願いできないでしょうか？」

とても意外だったのか、課長は目を丸くさせてうろたえる。

「いや、しかし……。キミは社長の第一秘書だ。社員として一番近くにいるキミの退社を、社長に内緒にしておくわけにはいかない」

「だからこそです。社長にはこれ以上、余計な心労をかけたくないんです。今、社長は回復に向かっております。ここでまた私が辞めるとなれば、お身体に障《さわ》るかもしれません」

「それもそうかもしれないが……」

言葉を濁す課長に畳みかけていく。

「秘書として、社長には一日も早く復帰してほしいんです。私が退職する日までに、社長はきっと退院できると思います。そのあとは自宅療養に入られる予定ですので、私の姿が見えなくなっても大丈夫かと……。それと副社長に知られたら、社長の耳にも入ってしまうと思うので、どうかふたりには内密にしてくださるよう、お願いいたします」

課長はしばらく考え込んだあと、私の気持ちを理解してくれた。

「わかった、尽力しよう」

「ありがとうございます！」

よかった、これでふたりに知られずに済む。

それから退職するまでの一ヵ月間は、目まぐるしく過ぎていった。

『寂しいです』と泣きじゃくる堀内さんと連日ランチをともにし、引継ぎや通常業務の合間に、今まで通り社長が入院する病院へ向かい、廉二郎さんとも普段通りに接していた。

そして退社を機に、実家を出ることに決めた。ちょうどいい機会だったのかもしれない。いつまでも実家暮らしで甘えているわけにはいかないもの。ひとりで暮らしてわかることもたくさんあるはず。

退職後は貯金を切り崩しながら、新しい職場を探す予定だ。

廉二郎さんとのことは伏せ、会社を辞めること、家を出てひとりで暮らしたいことを両親に伝えると、ふたりは何も聞くことなく『もう大人なんだから、好きに生きなさい』と言ってくれた。

両親のことだ、廉二郎さんとの間に何かあったのだと、察してくれたと思う。

二十八年間暮らした家は、たくさんの荷物と思い出で溢れていた。少しずつ片づけを進めながら、思い出しては手が止まってばかり。

ひとりで暮らすことに不安はあるけれど、何もかも忘れて一からスタートしたい。私も前に進んでいきたいから。

でもその前に、もうひとつだけ大切な思い出を作っておきたい。

退職する一週間前の金曜日の夜。定時で仕事を終え、スーパーで大量の食材を買い込み、向かった先は彼の住むマンション。ここに来るのは久しぶりなのに、コンシェルジュは私のことを覚えていて通してくれた。

「お邪魔します」

合鍵を使って入ると、やはり部屋の中は荒れていた。

そうだよね、掃除する暇もないほど忙しいよね。

電話で何度か話したけれど、声が疲れ切っていた。社内で見かけるたびに忙しそうにしていたし、少し痩せていた。

以前、作り置きしていったおかずは全部なくなっている。忙しくてもちゃんと食べてくれたのかと思うと嬉しい。

「……よし！」

エプロンをつけて掃除から取りかかった。リビングやお風呂、トイレ……。全部彼と一緒に掃除をした。ひとつひとつ教えながら、ふたりで楽しくやったよね。

思い出が蘇って、涙がこぼれそうになり、慌てて目元を拭った。

泣いている場合じゃない。時間は限られているんだから早くやらないと。掃除を済ませて洗濯乾燥機を回している間に、料理に取りかかる。

作るのは廉二郎さんが好きな物と、彼が美味しいと褒めてくれた料理ばかり。もちろん栄養バランスも考えて作っていく。

大量のおかずをすべて容器に入れて保存し、乾いた洗濯物を畳み終える頃、仕事を終えた廉二郎さんが帰ってきた。

「おかえりなさい。お仕事、お疲れさまでした」

玄関へ向かい出迎えると、私を見た廉二郎さんはびっくりしたものの、すぐに表情を崩した。

「びっくりした。まさか日葵が来ているとは思わなかったから」

「ごめんなさい、突然来ちゃって」

「いや、嬉しいよ。……なかなか会う時間を作れずにごめん」

そう言うと、彼は玄関先で私を抱きしめた。

久しぶりに触れる彼の温もりに、涙がこぼれ落ちそうになり、慌てて口を開いた。

「廉二郎さん、お腹空いていませんか？　ちょうど廉二郎さんが好きなハンバーグを作ったんです」

「本当か？　それは嬉しいな」

私の顔を覗き込んで笑う彼に、胸がキュンと鳴る。

それから着替えを済ませた彼と向かい合って、いつぶりだろうか。ふたりで夕食を食べた。

他愛ない話をしながら笑い合い、楽しいひと時を過ごせた。食後も並んでキッチンに立ち、ふたりで片づけを済ませていく。

この何げない日常がたまらなく愛しい。最後にこうして過ごせてよかった。

片づけを済ませ、帰り支度をしていると廉二郎さんは私の様子を窺いながら尋ねてきた。

「日葵、泊まっていかないか？　明日も仕事だが、お昼過ぎから出社すればいいんだ」

ほんのり頬を赤く染めて聞いてきた彼に、胸が熱くなる。

本音を言えば、泊まっていきたい。朝までずっと廉二郎さんの温もりを感じていたい。でもそうしてしまったら、きっと離れられなくなる。朱美さんに言われたからじゃない。私自身が悩んで迷って決めたんだ。

「すみません、実は明日、早苗と朝からピクニックに行く約束をしていて。……だから今日は帰ります」

「……そ、っか。わかった」

ごめんなさい廉二郎さん、嘘をついて。

「じゃあ送るよ。明日は朝、早いんだろ？」

「はい。……すみません、ありがとうございます」

いつものように、彼の運転する車で自宅へと向かう。

きっとこの車の助手席に座るのも、今日で最後。そう思うと切なくなり、何か話したいのに言葉が出てこない。廉二郎さんの話に答えるばかり。

そしてあっという間に自宅前に到着し、彼は車を停車させた。

「ありがとうございました」

お礼を言い、シートベルトを外す。いつもだったら、ここですぐ車から降りるところだけれど……今日は違う。

バッグの中からキーケースを取り出し、「日葵？」と不思議そうに私を眺める彼の前で合鍵を外し、彼に差し出した。

途端に廉二郎さんの表情は硬くなる。

「これはどういうことだ？」

鍵を受け取ることなく、鋭い目で私を見つめる彼に、ずっと伝えたかったことを口にした。

「廉二郎さん……どうか lovely の援助を受けてください」

すると彼は目を見開き、焦った様子で問う。

「それがどういう意味か、日葵はわかっているのか?」

もちろんわかっている。深く頷いた。

「どう考えても援助を受けるべきです。五千人近くいる社員を路頭に迷わせるおつもりですか?」

厳しい口調で言うと、廉二郎さんは顔を歪める。

それでも口を止めることなく、自分の想いを吐露した。

「社長のつらそうなお姿も、廉二郎さんが苦しんでいる姿も私は見たくありません。廉二郎さんが会社を思う気持ちを知っています。だからこそ、副社長として間違った判断をしてほしくありません」

誰もが、会社のために援助を受けるべきだと思うだろう。

それに廉二郎さんと朱美さんは、全くの他人ではない。私よりずっと長い時間、ともに過ごしてきた相手だ。私の前では本音をさらけ出せないけれど、朱美さんの前では違うんじゃないかな。グチをこぼすことも、つらい気持ちや苦しい思いも吐き出すことができるんじゃない？

……だったらきっとうまくいく。

「日葵は……俺の判断が間違っていると言いたいのか？」

震える声で問いかける廉二郎さんに、きっぱり言った。

「はい。……残念ながら、私はあなたを助けることができません。ただそばで苦しみ、つらそうな廉二郎さんを見ていることしかできないのは、つらく苦しいんです」

本当はこんなことを言いたくない。ずっと廉二郎さんのそばにいたい。でも彼が好きだからこそ、自分の判断は間違いじゃないと信じたい。

「朱美さんは、私が廉二郎さんと出会うずっと前からあなたのことを想っていたんです。……あなたにふさわしい朱美さんを、どうか大切にしてください。そして幸せになってください」

一方的に言い、呆然とする彼に無理やり鍵を握らせ、車から降りようとした瞬間、廉二郎さんに強く腕をつかまれ、止められてしまった。

「幸せになれるわけないだろう⁉」

車内中に響く荒々しい声に、身体がビクリと反応する。そのままゆっくりと彼を見ると、怒りを含んだ目を向けられていて息を呑む。……こんなに感情を露わにした姿は初めて見たから。

「俺にふさわしいのは朱美だなんて、どうして勝手に決めつける？　俺の気持ちは考えてくれないのか？　……言ったよな？　もう日葵のいない人生は、俺には考えられないと」

悲痛な彼の想いに、泣きそうになる。初めて彼の本音が聞けたのが、別れ話の時だなんて……。でもね、廉二郎さん。私もずっとあなたに言いたかった。『廉二郎さん、私の気持ちを考えてくれていますか？』って。

私がいない人生は考えられないのなら、なんで私の前で無理しているの？　つらい時はつらいと言ってほしかった。……苦しい時は何もできないかもしれないけれど、その苦しみを少しでも共有したかった。

でもそれを言ったら私も同じ。廉二郎さんには、なかなか素直な想いを伝えることができなかった。好きって言うだけで精一杯で、見守ることしかできなかったから。だったら最後くらい、ちゃんと伝えたい。

私の腕をつかんでいる彼の手を、つかまれていない手でそっと覆った。

「廉二郎さんは一度も私の前で、弱音を吐いてくれませんでした」

「えっ……？」

　突然話しだした私に、彼は驚いた声をあげた。

「私に弱いところを見せたくないと思っていたのかもしれませんが、私はそれが寂しかった。……本当は病室での社長と廉二郎さんのやり取りを聞いていたんです。それに寝室で重役と話しているところも、聞いていました」

　途端に彼は顔色を変え、うろたえだす。

　そんな廉二郎さんにずっと感じていた気持ちを伝えた。

「どうして私の前で平気なフリをするんですか？　……私はどんなあなたでも受け入れていました。仕事でつらいはずなのにいつも平気なフリをされていた私の気持ち、廉二郎さんにわかりますか⁉」

　感情は昂り、大きな声が出てしまう。けれど一度溢れた気持ちを止める術《すべ》はなく、思うがままぶつけていった。

「お互い本音をさらけ出せないのに、これから先もずっと一緒にいられるわけがありません！　……私だってずっと言えずにいました。廉二郎さんが苦しんでいることに気づいていたのに、あなたから話してくれるのを、待っていることしかできなかった。こうして面と向かって聞くことをしなかった」

こんな関係なのに、ずっとそばになんていられるわけないよね。好きって気持ちだけでは、同じ道を進んでいくことができないことも、あるのかもしれない。それがきっと、私と廉二郎さんなんだ。

何も言わず、大きく瞳を揺らして私を見つめる彼に問いかけた。

「廉二郎さん、付き合うってなんですか？　結婚するって、どういうことなのでしょうか？」

「それはっ……」

言葉を詰まらせた彼は、私の手をつかんでいた力を弱めていく。そのスピードに合わせるように、私も彼から手を離した。

「わかりませんよね？　私も正直わからなくなりました。恋する気持ちだけでは、うまくいかないこともあるのかもしれません。でも、ひとつだけ確かなことがあります」

ひと呼吸置き、震える声で伝えた。

「今、廉二郎さんに必要な人は私ではありません、朱美さんです。……私より長い時間過ごしてきた彼女になら、廉二郎さんはありのままの自分でいられるのではないでしょうか？　人生の半分以上をともに過ごしてきた相手です。……そういう人と結婚するべきなんです」

きっぱりと言い、無理やり笑顔を取り繕った。

「初めて好きになった相手が廉二郎さんで、私はとても幸せでした。でも私はきっとあなたとは幸せになれないんです。だからどうか廉二郎さんも、本当の意味で幸せになれる相手と一緒になってください。……私もそういう相手を探しますから」

「日葵……」

ポツリと呼ばれた名前に、涙が溢れそうになり顔を伏せた。

「送ってくださり、ありがとうございました。……気をつけて帰ってください」

彼を見ることなく一方的に言い、今度こそ車から降りた。先ほどとは違い、引き止められることなく。

そのまま振り返らず家に入るまで、廉二郎さんが追いかけてくることはなかった。

きっと、廉二郎さんは私の気持ちを理解してくれたんだ。こうするべきなんだって。だから追いかけてこなかったんでしょ？

これでよかったはずなのに、玄関のドアに寄りかかって力なく座り込んでしまう。

正しい判断をしたはずなのに、胸が張り裂《さ》けそうなほど苦しい。声にならない想いを涙に変え、私はひと晩中泣きじゃくってしまった。

『正しい結婚のススメ』


一週間はあっという間に過ぎていった。

社長は私が退職する三日前に無事退院。

その後しばらく自宅療養に入るため、退院の日に社長に『用事がない限り、伺いません』と伝えた。『大丈夫、早く治して私が会社に行くから』と明るく答えてくれて、最後に社長の笑顔を見られてよかった。

退職する日もいつもと同じ時間に出勤して、主がいない社長室の清掃から始めた。手を焼き、困らされてばかりだったけれど、社長の秘書として働くことができて私はとても幸せだった。

いつも以上に丁寧に掃除を施し、秘書課へ戻ると、ほとんどの同僚が出勤していた。その中には堀内さんの姿も。

「日葵先輩、今日で最後なんですよね？　やっぱり退職しないでほしいです。考え直してくれませんか？　私、日葵先輩のいない会社なんて考えられません。寂しいです」

今にも泣きだしてしまいそうな声で訴えてきた彼女に、嬉しくて口元が緩む。

「ありがとう、そう言ってくれて嬉しい」

教育係として面倒を見てきた彼女に、最後の日にこんなことを言われたら、まだ一日は終わっていないというのに泣きそうになる。

「大丈夫、堀内さんはもう立派な秘書よ。……これからも副社長のことをしっかり支えてあげて」

私はもう私生活ではもちろん、会社でも彼を支えることができないから。

会社で何度か廉二郎さんの姿を見かけたけれど、向こうは私に気づいていなかった。きっと私の気持ちを受け止めて、会社のために尽力しているんだと思う。朱美さんとの婚約が発表されるのも、時間の問題なのかもしれない。

私と廉二郎さんの今の関係では、きっとうまくいかない、朱美さんと一緒になるのが正解なんだって頭では納得しているのに、心はまだ追いつけていない。勝手に傷ついている自分がいるから。

ナーバスになっていると、堀内さんに「あの、日葵先輩……」とためらいがちに声をかけられ、ハッとする。

「あ、ごめん。何？」

笑顔で問うと、なぜか彼女は唇をキュッと噛みしめ、気まずそうに視線を泳がせた。

次第に彼女の眉間には皺が刻まれていく。いつも天真爛漫な彼女が難しい顔をしている。何かあったのだろうか。

「堀内さん、何かあったの？」

不思議に思い尋ねると、彼女は切羽詰まった表情で私の腕をつかんだ。

「あの日葵先輩、実は私っ……！」

「井上さん、ちょっといいですか？」

堀内さんの声を遮って私を呼んだのは、社長の第二秘書を務めている同僚。彼女には今後、第一秘書を務めてもらうことになっている。

きっと引継ぎに関してだろう。

「あ、はい」

返事をしたものの、堀内さんのことも気になる。

けれど彼女は急いで私の腕を離し、いつもの屈託のない笑顔で両手を振った。

「行ってください。私の話はその、たいしたことではないので」

「でも……」

いつもの堀内さんではなかった。最後だからこそ、何か私に相談したいことがあるのかもしれない。けれど心配する私をよそに、彼女は笑顔で言う。

「本当にくだらないことなので！　すみません、私も仕事に向かいます」

「あっ、堀内さん？」

早口でまくし立てると、堀内さんは踵を返し、足早にオフィスから出ていってしまった。

本当にたいしたことじゃないならいいんだけど……。後ろ髪を引かれる思いで同僚のもとへ向かい、その後も最後の勤務に当たった。


「井上さん、今日まで本当にお疲れさまでした」

就業時間が終わると、皆秘書課に集まってくれて花束を渡された。

「すみません、ありがとうございます」

大きな花束を受け取り拍手され、堀内さんやほかにも目に涙を浮かべている同僚の姿に、私まで目頭が熱くなる。

「会社が大変な時に去るかたちになってしまい、本当に申し訳ありません。……でも秘書課で働くことができて、とても幸せでした。今日まで本当にお世話になり、ありがとうございました」

深々と頭を下げると、大きな拍手を贈られた。皆の優しさに涙がこぼれ落ち、慌ててハンカチで拭う。

「それにしても課長ってば、どうしたんでしょう。終業時間には井上さんを見送るために戻ってくると言っていたのに」

同僚のひとりが言う通り、この場に一番お世話になった課長の姿がない。午後一番に会議が入っていたけれど、もうとっくに終わっている時間なのに。

皆が首を捻る中、ゴシゴシと涙を拭った堀内さんが急に駆け寄ってきた。

「あの、日葵先輩！　やっぱりちゃんと謝らせてください！」

切羽詰まった様子に私をはじめ、皆堀内さんに視線が釘付けになる。

けれど彼女は私だけを見つめたまま言った。

「すみません、私っ……！　日葵先輩が退職されること、秘書課内だけにとどめてほしいとお願いされていたのに、話してしまったんです！」

「えっ……？」

私が退職することは課長を通して、同僚たちに伝えられた。その際、私の意向で秘書課内にとどめてほしいとも。

「もちろん誰にも言わないつもりでした！　でも聞かれた相手が相手だけに、言わずにいられなくて……っ！」

「ちょっと待って堀内さん。落ち着いて順を追って説明してくれる？」

涙声の堀内さんの話を、うまく理解することができない。

彼女は一体誰に言ってしまったの？

「それは俺から説明しよう」

誰もが堀内さんに視線を集める中、突如響いた声に心臓がドクンと跳ねる。

そしてオフィス内はどよめきだす。

それもそのはず。秘書課にやってきたのは、廉二郎さんだったのだから。

その後、遅れて慌てた様子で課長がやってきた。

けれど私や同僚たちは誰もが突然現れた廉二郎さんに釘付け。

どうして廉二郎さんが秘書課に？　それに俺から説明するってどういうこと？　それよりも……！　どうしよう、花束なんて持っていたら退職することがバレちゃう。

慌てて大きな花束を背後に隠すものの、時すでに遅し。

隠し切れていない花束を見て、廉二郎さんは悲痛に顔を歪めた。けれどすぐに表情を引きしめ、まっすぐ私のほうへ向かってくる。

そして私の目の前で立ち止まると、同僚たちがいる前で力強く言った。

「俺が堀内さんから無理やり聞き出したんだ。日葵が退職することを」

咄嗟に堀内さんを見ると、彼女は『すみません』というように大きく頭を下げた。

そして彼の口から出た『日葵』に、同僚たちは騒ぎだす。

でも彼は、そんな周りの声や視線など気にする素振りなく続けた。

「悪いがキミの退職願は取り消した。……辞めさせないから」

「な、に言って――」

「キミが言ったんだ！　……本音をさらけ出してくれないと。だからもう遠慮はしない。会社を辞めさせたりしない。……俺から離れるなんて許さない」

私の声を遮り叫ぶように言うと、オフィス内はシンと静まり返る。

なんですか、それ。『俺から離れるなんて許さない』だなんて。だって私たちの関係はもう終わったんですよね？

心の声は胸が苦しくて声に出ない。代わりに溢れて止まらないのは涙だった。

すると彼はそっと私の涙を拭いながら、さっきとは打って変わりか細い声で囁いた。

「あの日は何も言えなくて悪かった。……でもやっぱり俺は、キミのいない未来なんて考えられないんだ」

親指で涙をすくい終えると、彼の大きな手は私の頬を包み込んだ。

「お互い本音をさらけ出せない？　当たり前だろ？　俺たちはまだ始まったばかりだ。

これから、なんでも言い合える関係を築いていけばいい。悪いけど俺は、会社も日葵も手離すつもりはないから」

「廉二郎さん……」

静かに、けれど力強い声で伝えられた彼の想いに、胸が熱くなる。でも素直に喜べないよ。廉二郎さんは、会社も手離すつもりはないって言うけれど……。

不安な思いは素直に顔に出てしまい、目を逸らしてしまう。

すると彼は私の両肩をつかんだ。

「lovelyの援助を受けずに、必ず会社を立て直してみせる。誰ひとり社員を路頭に迷わせたりしない。だから、日葵にはずっと俺のそばにいてほしい。キミさえいれば、どんな困難にも立ち向かえるから」

「廉二郎さっ……！」

せっかく拭ってもらった涙がまた溢れだす。

私、決心したのにな。私と廉二郎さんは一緒にいるべきではない、それでは幸せになれないって。私がいなくなるのが一番いいんだって。

……それなのに彼のひと言で、簡単に気持ちを揺れ動かされる。

「いいんでしょうか？　……廉二郎さんのそばに私がいても」

それでもなかなか決心がつかなくて彼に問いかけると、社員の前で彼は優しく笑った。

「日葵がいてくれないと俺がダメなんだ。もうキミには嘘をつかない。どんなことでも話す。たとえ喧嘩になったとしても。……それでも俺のそばにいてくれるか？」

今度は彼から問われ、私はすぐに答えた。

「はい。そばにいさせてください」

もう迷わない。彼が好きだからそばにいる。つらい時や悲しい時、そばで支えていきたい。それが私の幸せだと思うから。

するとさっきまでシンとしていたオフィス内は、ワッと歓声に包まれた。

「日葵先輩、おめでとうございますー！」

「副社長、井上さんの退職を取り消してくれてありがとうございます。絶対に幸せにしてくださいね！」

「もちろん、会社のほうもよろしくお願いします！」

意外な廉二郎さんの一面を目の当たりにして、いつもは彼を恐れている同僚たちも祝福の言葉をかけてきた。

課長は感動したようでハンカチで涙を拭っていた。

そこでやっと私も廉二郎さんもここが会社で、同僚の前だということを思い出し、お互い顔を真っ赤に染めてしまった。

これから先、何かあるたびに彼にすべて打ち明けよう。廉二郎さんが言ってくれたように、たとえ喧嘩になったとしても。きっとそうすることで、お互いのことを理解し合っていくものだと思うから。

廉二郎さん、私たちお互い好きって気持ちを知らなかった者同士、初心者らしく何もかも最初から始めればいいですよね。

同僚から祝福を受ける中、ふたりして顔を見合わせ、笑みがこぼれ落ちた。

一年後――。

今日は土曜日で仕事は休み。

目覚まし時計をセットすることなく熟睡し、目を覚ますと部屋の中は太陽の日差しが差し込んでいて明るい。けれど隣にはいつもいるはずの彼の姿がない。

「まさか……」

時刻を確認すると、八時を回っていた。そっとリビングに出ると、案の定な光景が広がっていた。

「もう廉二郎さん、また仕事途中で寝ちゃいましたね？　起きてください、もう朝ですよ！」

ノートパソコンを開いたまま、机に突っ伏して眠っている彼の身体を揺すると、「んー……」と唸りながら、眉間に皺を刻んだ。

「廉二郎さん‼」

けれど耳元で大きな声で彼の名前を呼ぶと、廉二郎さんは飛び起きた。そして私を見て目をパチクリさせたあと、乱れた髪をクシャッと撫でた。

「悪い、また寝落ちした」

「お仕事大変なのはわかりますが、それでは疲れが取れませんよ？」

テーブルを片づけながら注意すると、彼は叱られた子供のようにシュンとなる。

「……すまない」

素直に謝られると、なんだか私が悪いみたいな気持ちになる。

廉二郎さんがこうして仕事を持ち帰り、寝落ちすることは度々あった。

そのたびに、心配でつい強い口調で言ってしまうんだ。

「シャワー浴びてきてください。美味しい朝ご飯、準備しておきますから」

そう言うと彼は「はい」と返事をして、浴室へと向かった。そんな廉二郎さんの後ろ姿を見送ると、大きな子供みたいに思えて朝から笑ってしまう。

一年前、退職を機にひとり暮らしをするはずだった。けれど廉二郎さんによって退職を取り消され、今も私は社長の第一秘書として働いている。

社長は順調に回復され、今ではすっかり元通りに元気になられた。

廉二郎さんとともにlovelyの援助なしに会社を立て直し、以前より業績を伸ばしている。朱美さんにも理解してもらい、婚約の話はなくなった。

そして私は廉二郎さんにひとり暮らしをすることに反対され、彼と同棲《どうせい》生活を始めた。

彼との生活は幸せだけど、喧嘩することもあった。でもそのたびに話し合い、今ではお互いなんでも言い合える関係になれている。先ほどのように彼を叱れるまでに。

「そうだ日葵、今日の午後出かけないか？」

「いいですけど、どこへ行くんですか？」

遅めの朝食をとっていると、急に出かけないかと誘われたものの不安になる。場所によっては行かないほうがいいんじゃないかな。ここ最近の廉二郎さん、忙しそうだし、私に気遣って出かけようと言ってくれたなら、ゆっくり家で身体を休めてほしい。

「それは着いてからのお楽しみ」

「え、お楽しみですか？」

「あぁ」

私が作った味噌汁《みそしる》を飲みながら、彼は愉快そうに言う。一体どこに行くつもりだろうか。

その後、もう一度どこに行くのか聞いても、廉二郎さんは行き先を教えてくれなかった。

結局、何もわからないまま午後、彼の運転する車で辿り着いた先は、国内外のビッグな有名人が宿泊することでも有名な一流ホテル。

一度は訪れたいと思っていたところだったから、彼がホテルマンに車を預けている間、思わず立ち止まり見上げてしまう。

「行こう」

そんな私の肩を抱き、彼は堂々と玄関を抜けていく。

一歩足を踏み入れると、そこはまるで別世界だった。天井は吹き抜けになっていて、大きなシャンデリアがまばゆく光っている。

ふかふかの絨毯《じゅうたん》の上を進み、彼に連れられて向かった先はホテル内にあるサロンだった。

「桜様、お待ちしておりました。どうぞこちらへ」

「うん、よろしく頼むよ。じゃあ日葵、また」

「えっ？」

私の肩から手を離すと、彼は手をひらひらさせてスタッフについていってしまった。わけもわからず取り残された私も、また別のスタッフに「こちらへどうぞ」と案内されてついていくしかなくなる。

廉二郎さんってば、一体どういうつもりで私をここに連れてきたのだろうか。その疑問はスタッフによってヘアメイクを施され、真っ赤な振袖《ふりそで》を着せられて、ますます膨らむばかり。

「どうぞ。こちらで皆さま、お待ちです」

「皆さま、ですか？」

慣れない着物を着て案内されたドアの前でスタッフはそう言うと、そっとドアを開けた。その先にいたのは廉二郎さんだけではなく、正装をした私の家族と社長だった。

「どうして皆ここに……？」

袴《はかま》姿の廉二郎さんを中心に、団らんしている社長と家族に目が点になる。

早苗なんて社長の膝の上に座っちゃっているんだもの。

そんな私を見て、皆は笑った。

「廉二郎、どうやら大成功のようだな」

社長が面白おかしく言うと、廉二郎さんも笑みを浮かべて頷く。そして、いまだに状況が呑み込めていない私の前に来ると、優しい眼差しを向けた。

「ごめんな、驚かせて。……でも日葵にプロポーズするなら、家族の前でと決めていたんだ」

「プロポーズって……」

まさか、嘘でしょ？

彼と一緒に暮らし始めて、もちろん結婚は意識していた。でもまだ先の話だとばかり……。

彼は驚く私の手を握ると、ふわりと笑った。

「この一年、いろいろあったけれど、これから先の未来に日葵がいないことは考えられないんだ。……もう二度とキミにつらい思いをさせない。時には喧嘩することもあると思う。でも、一生をかけて幸せにする。だから日葵、俺と結婚してくれないか？俺と家族になってほしい」

彼は袴に忍ばせていた箱を取り、その中から指輪を手にすると、そっと私の左手薬指にはめてくれた。

予想だにしなかったプロポーズに我慢できず、瞳からは大粒の涙がこぼれ落ちる。

そんな私の涙を拭い、「返事をもらえるか？」と問う廉二郎さんに、私は力強く頷いた。

「はい……！」

私の返事を聞き、皆は歓声をあげた。

「おめでとう、日葵お姉ちゃん！」

「やっと姉ちゃんが幸せになってくれて嬉しいよ」

「廉二郎さんみたいな、カッコいい兄貴ができて最高に嬉しいよ」

兄弟たちに声をかけられ、ふたりして照れ臭くなる。

「廉二郎くん、日葵をよろしく頼む」

「よろしくね、廉二郎さん」

次に両親が彼に頭を下げると、廉二郎さんも表情を引きしめ、ふたりに向かって深々と頭を下げた。

「はい、絶対に日葵さんを幸せにします」

嬉しい彼の言葉に、また涙が溢れそうになる。

代わりに両親が涙を浮かべ、廉二郎さんと話し込む中、社長は私の肩に優しく触れてきた。

「井上くん、約束通り、この先もずっと廉二郎を支えてやってくれ」

「……はい、もちろんです」

力強く答えると、社長もまた目に涙を浮かべて泣きだした。

お互いの両親が泣く事態に、私や廉二郎さん、そして隼人たちは声をあげて笑ってしまった。

その後、私たちは両家揃った場で結納を交わした。


そして三ヵ月後――。

「社長、本日は十時より市民体育館で後援会と、午後十四時より本社にて企画会議の予定が入っております」

「わかったよ。……ところで井上くん、最近の廉二郎との生活はどうだ？　そろそろ夫婦になるんだ。今が幸せで仕方ないだろう？」

ニヤリと笑いながら聞いてきた社長に、朝から頭が痛くなる。

交際していることをカミングアウトしていた私と廉二郎さんが結納を交わしたこと

は、あっという間に社内中に知れ渡った。

皆からたくさん祝福を受け、堀内さんに至っては泣いて喜んでくれたほどだ。

でも彼女の気持ちが嬉しくて、私もひっそりと泣いてしまった。

だからこそ仕事は仕事と区別をつけて、しっかりやりたい。

それなのに社長は昔と変わらず、こうして私をからかってくる。

「申し訳ありませんが社長、今は仕事中ですのでプライベートな質問にはお応えしかねます」

丁寧に一礼すると、社長は背もたれに体重を預けた。

「相変わらず、つれないなーキミは」

「今は仕事中ですから。ですが勤務時間が終了した際は、お答えいたしますよ。……お義父《と》《う》さんに」

ボソッと言うと社長は目を丸くしたあと、満面の笑みを浮かべ言った。「では仕事が終わったら改めて聞かせてもらうよ。……息子と嫁の今の生活ぶりを」と。

結納を交わしても、私と彼の関係は特に大きく変わってはいない。

「できた。……そろそろかな」

帰宅後、夕食を作り終え時計を見ると、そろそろ彼が帰ってくる時間。

するとタイミングよく廉二郎さんが帰ってきた。

玄関先で出迎えると、すぐに彼に抱きしめられた。

「ただいま、日葵」

「おかえりなさい、廉二郎さん」

そのまま甘いキスが落とされる。

起きて「おはよう」と挨拶を交わし、彼を送り出してこうして出迎えて。そして仲良く食事をし、お互いの温もりを感じて眠りに就く。

時には言い合いをし、お互いを理解し合いながら、これからも変わらずこんな幸せな毎日を過ごしていけるはず。

……それは大好きな廉二郎さんとだからこそ感じる、幸せな未来――。

番外編

『正しい結婚式のススメ』

「招待状に座席表、それに引き出物に、テーブルフラワー……あと料理も決めないと」

夜の二十二時過ぎ。

お風呂上がりにリビングでブツブツと呟きながら、テーブルにスケジュール帳を広げ、これからやらなくてはいけないことを書き出していく。

廉二郎さんと結納を交わして半年。いよいよ彼との結婚が現実味を帯びてきた。

社長ご指定の大安吉日に式場の予約を取り、結婚式に向けて準備が始まったわけだけど……。初回の打ち合わせで、プランナーさんに今後の大まかな予定を聞き、頭の中が真っ白になった。

とにかくやること、決めることが山のようにある。仕事をしながら同時進行することができるだろうか。

書き出したスケジュール帳と睨めっこしていると、眉間を指で押された。

「ここ、皺が寄ってるけど？」

「えっ！」

そう言いながら私の隣に腰を下ろしたのは、お風呂上がりの廉二郎さんだった。

「そんなに難しい顔をしてどうしたんだ？　何かあった？」

「えっと……今後のことを考えていたら、頭が痛くなりまして……」

苦笑いしながら答えると、彼はスケジュール帳を覗き込んできた。

ふとシャンプーの香りが鼻を掠め、ドキッとしてしまう。

「どれ？　……そっか、結婚式か。驚いたな、あんなにやることがたくさんあるとは」

「は、はい」

どうしよう、まともに廉二郎さんの顔が見られない。

一緒に暮らし始めて二年近く経つのに、いまだに至近距離に慣れないでいる。これから結婚して旦那《だんな》様になる彼に、毎日のようにドキドキしているけれど、それを気づかれたくなくて、平静を装う。

「招待客のメンバーがメンバーなので、失礼のないように気をつけないとですね」

うちの招待客はともかく、廉二郎さん側の招待客がとにかく豪華で、名前を拝見しただけで恐縮してしまう。社長と親交の深い各界の大物に、最初は目を疑ったほど。だからこそ頭が痛くなる。

するとと廉二郎さんは、私からスケジュール帳を奪って閉じた。

「あっ……」

思わず声をあげると、口角を上げて微笑む彼と視線がかち合う。

「まさか日葵、ひとりで結婚式を挙げると思っているのか？」

そう言うと廉二郎さんは、そっと私の身体を抱き寄せた。

お風呂上がりの彼の体温はいつもより高く、心地よい温もりに胸がキューッと締めつけられる。

「ふたりの結婚式だろ？　全部一緒に準備を進めよう」

嬉しい言葉に胸が鳴る。でも――。

「廉二郎さんは仕事があるじゃないですか」

社長は仕事に復帰したものの、今、実質経営権を握っているのは廉二郎さんだ。だからただでなくとも毎日忙しいのに……。

だけど、彼は私の頭上で小さく息を漏らした。

「何？　日葵は一生に一度の結婚式の準備を、俺に手伝わせないつもりなのか？」

不満げな声に慌てて言った。

「大変じゃないですか？　仕事で疲れているのに、さらに結婚式の準備だなんて」

「それは日葵も同じだろ？　俺がやりたいんだ。日葵と一生忘れられない結婚式になるよう、一緒に頑張りたい」

「廉二郎さん……」

思わず顔を上げて彼を見つめると、優しい笑みを向けられた。

「わかったら、絶対にひとりで抱え込まないこと」

そして額をくっつけて、グリグリ押しつけてくる。

「やっ……もう、廉二郎さん⁉」

抗議するものの、彼はクスクスと笑っている。

至近距離で笑う彼に、幸せだなってしみじみと感じてしまった。


「井上くん、結婚式の余興で私がどじょうすくいをやるのはどうだろうか？」

次の日。移動中の車内で提案された内容に絶句する。

どじょうすくいって、社長が？　どじょうすくいってあのどじょうすくいよね？

頭の中で思い描くものの、社長が実際にやっているところなんて想像できない。

けれど、社長は冗談で言っているわけではなさそう。バックミラー越しの彼はやる気に満ち溢れているから。

「意外性があってウケると思わないか？」

得意げに言われるものの、とてもじゃないけれど、社長にそんなことさせられるわけがない。

「社長、お気持ちだけ頂戴いたします。よくお考えください、招待客には各界からたくさんの方がいらっしゃるんですよ。そんな方々の前で、社長にどじょうすくいなどさせられません」

話を聞いていた運転手も同意見なようで、運転しながら何度も頷いている。

すると社長は面白くなさそうに言った。

「えー、大丈夫だって。大物ほど私みたいな愉快な人が多いものだよ」

うっ……！　社長が社長だけにあり得そう。いやいや、それでもやはりダメだ。何より、新郎の父親が余興をやるなんて聞いたことがない。

「とにかく大丈夫ですので」

「つまらないなぁ。せっかくの廉二郎とキミの結婚式なのに」

「だからこそやらないでください。それに余興なら私の兄弟たちや、私と廉二郎さんの友人がやってくれると言っているので」

特に早苗がやる気充分で準備をしていると、お母さんから連絡があった。楽しみにしていてね、と。

「そうか、あの可愛い子たちが何かやってくれるのか。それは楽しみだな」

「……はい」

何を披露《ひろう》してくれるのかはもちろん教えてもらえていないけれど、頑張って練習している姿を想像するだけで和む。

「なら、なおさら私も何かやらなくてはダメだろう！　やはりどじょうすくいを……」

「結構です」

社長の声を遮ると、笑いながら「相変わらずつれないなぁ」なんて言う。

けれど内心では、とても感謝している。ここ最近、何かと私を気遣って早く帰れるようにしてくれているから。ちょっと疲れていると、冗談言って笑わせようとしたり、こうしてからかってくる。……まぁ、ちょっぴり逆効果ではあるけれど。

だから結婚式では、廉二郎さんとふたりで両親をはじめ、社長にも感謝の思いを伝えよう。

――そう話していたんだけれど……。

「うーん……井上くんにこのカラードレスは、少々派手ではないかな？」

「そ、そうでしょうか……？」

日曜日の昼下がり。

この日は廉二郎さんとドレスの試着に来ていた。しかしふたりで行く予定が、どこで聞きつけたのか、朝早くに社長がマンションを訪ねてきて、三人になってしまった。

そして早速気に入ったドレスを試着してみたものの……。廉二郎さんではなく、社長に感想を言われて困り果てる。

「色はいいと思うが、少し肌が露出しすぎじゃないか？　これじゃ、廉二郎が目のやり場に困るだろう」

社長の話にギョッとした廉二郎さんと私は、仲良く声をハモらせた。

「父さん！」

「社長！」

やめてと言わんばかりに声を荒らげても、社長はなぜか嬉しそうに笑う。

「さすが夫婦になる仲だ。息ぴったりじゃないか」

愉快そうに笑う社長に、同席していたプランナーさんは苦笑い。

すると廉二郎さんは、ジェスチャーで『ごめん』と謝ってきた。

そんな彼に、首を横に振る。廉二郎さんには悪いけれど、社長に振り回されるのには慣れているから。

「ところでウエディングドレスは、ここ以外にもあるのかな?」

「あ、はいこちらに」

プランナーさんに案内され、別室に向かう社長。

すると廉二郎さんは、まじまじと私のドレス姿を眺め始めた。照れ臭くなりながら
「どうでしょうか?」と尋ねると、彼は頬を緩ませた。

「最高に似合っている。……綺麗だよ」

「廉二郎さん……」

『綺麗だよ』だなんて、照れるではありませんか。

「でも父さんじゃないけど、少し露出しすぎじゃないか?」

「そう、でしょうか?」

自分の姿を見ながら首を傾げる。

そもそもドレスって、これくらい露出するものじゃないの?

すると廉二郎さんは額に手を当て、真面目な顔で言う。

「それにほかの男に見せたくないから、ほかのドレスにしてくれないか?」

胸をキュンとさせるセリフに、フリーズしてしまう。

「……悪い」

廉二郎さんは自分で言ったくせに、顔も耳も赤く染めた。

「い、いいえ」

もう廉二郎さん、いい加減にしてください。胸キュンからの照れなんて、私を悶《もだ》えさせるつもりですか？

不器用だけれど、時折こうやってストレートに気持ちをぶつけてくれるから困る。反応に困るもの。でも嫌じゃない、むしろ嬉しい。彼の本音を聞かせてくれて。

いまだに顔を赤くして照れている廉二郎さん。

そんな彼の隣にピタリと寄り添い、彼の服の袖をつかんだ。

「じゃあ廉二郎さんが選んでくれますか？　……私に似合うドレスを」

周囲にスタッフがいないことを確認してから廉二郎さんに言うと、彼はさらに顔を真っ赤にさせた。そして両手で顔を覆い「勘弁してくれ」と呟いて――。

それから目まぐるしく日々は過ぎていき、仕事の合間を縫って廉二郎さんとふたり……いや、時々社長も入れて三人で準備を進めていった。

そして迎えた結婚式当日。

「うわぁ、日葵お姉ちゃん、綺麗！　お姫様みたい」

「本当？　ありがとう」

純白のウエディングドレスを身にまとった私を見て、早苗は大興奮している。

その姿が可愛くて顔が綻ぶ。

「姉ちゃん、廉二郎兄ちゃんと幸せにな」

「そうだぜ、せっかく玉の輿に乗れたんだから」

「ふふふ、ありがとう」

次々とかけられるお祝いの言葉に、幸せな気持ちでいっぱいになる。

「はいはい、じゃあ俺たちはこれくらいにして、教会のほうへ移動しようか」

「はーい！」

隼人が気を利かせてくれて、私と両親を残し、早苗たちを連れて控室から出ていった。最後に「姉ちゃん、おめでとう」と言って。

騒がしかった室内が、一気に静まり返る。

そして、いざ両親と向き合うと気恥ずかしくなる。これまでずっと一緒に暮らしてきたのに、こうやって三人になる機会はほとんどなかったから。

鏡越しに両親と目が合い、咄嗟に顔を伏せてしまう。けれど再び顔を上げると、涙ぐむ両親を視界が捕らえ、せっかく綺麗にメイクしてもらったのに、目頭が熱くなる。

「もう、ふたりともまだ始まってもいないのに……」

明るい声で言うものの、つられて泣きそうになる。すると両親は涙を拭い、感慨深そうに話しだした。

「そうよね、まだ始まってもいないのに、泣いている場合じゃないわよね。でもね、私とお父さんにとって、やっぱり最初に授かった日葵は特別なのよ」

「あぁ、皆大切だが日葵には長女ゆえ、つらい思いや苦労をたくさんさせてきたからな。……そんな日葵が結婚するんだ。これほど嬉しいことはない」

お父さん、お母さん……。

ふたりの思いにいよいよ泣いてしまいそうで、唇をギュッと噛みしめた。

「日葵、結婚おめでとう」

「廉二郎くんと幸せにな」

「……うん、ありがとう」

こらえ切れず、涙がこぼれ落ちた。

本当はふたりに伝えたいことが、たくさんある。けれど今は胸がいっぱいで言えそうにない。でも大丈夫。感謝の気持ちは、披露宴《えん》で読み上げる手紙に綴ったから。

そして始まった挙式。

私より緊張しているお父さんと腕を組んで家族や友人、会社の同僚たちに見守られ、ゆっくりとバージンロードを進んでいく。

一歩、また一歩と向かう先は、愛しい人のもと。

白のタキシード姿の廉二郎さんは、普段より格段にカッコいい。

「廉二郎くん、日葵をよろしくお願いします」

「……はい！」

お父さんから離れ、大好きな彼の大きな手を取る。

「では誓いのキスを」

もう何度もキスを交わしてきたはずなのに、神様と大勢の人の前でするキスは緊張でいっぱいいっぱいになる。けれど瞼を開けると、廉二郎さんが私を見つめていて、あぁ、私……本当に廉二郎さんのお嫁さんになれたんだって実感できる。

それからさらに緊張する中、始まった披露宴。

前席には社長と親交のある大物たちがいて、落ち着かない。――でも。

「日葵、大丈夫か？」

披露宴の合間に何度も彼が気遣ってくれて、次第に緊張も解けていく。

それに久しぶりに会う友達や、堀内さんたちに声をかけられ、兄弟たちの一生懸命な可愛い余興に感動し、楽しい時間はあっという間に流れていった。

そして最後に私は、両親への感謝の手紙を読み上げていく。

「お父さん、お母さん。今日まで私のことを育ててくれて本当にありがとう。私はふたりのもとに生まれてくることができて幸せでした。何より大好きな兄弟をたくさん作ってくれてありがとう」

手紙を読み上げている途中、涙が溢れそうになり一度大きく深呼吸する。するとマイクを持ってくれていた廉二郎さんが、『大丈夫だよ』というように優しく背中を撫でてくれた。

「これからたくさんお父さんとお母さんには、親孝行したいので元気に長生きしてください。そしていつまでも仲良しでいてください。……私にとってふたりは理想の夫婦だから。本当にありがとう。そして、これからもよろしくお願いします」

最後までしっかり手紙を読み上げると、こらえていた涙がこぼれ落ちる。けれど手紙と一緒に花束を渡すと、両親は私以上に泣いていて思わず笑ってしまった。

「どういうことだ?」

両親に花束を渡し、「本当に今までありがとう」と再度感謝の気持ちを伝えると、隣から聞こえてきた声。

廉二郎さんを見ると、彼の手にはまだ社長に渡すはずの花束が握られていた。

「え、社長は？」

さっきまでいたはずなのに、姿が見当たらない。

いつの間にか消えた新郎の父親に、会場内からもどよめきが起きる。

「廉二郎さん、社長は？」

そっと尋ねると、彼も混乱している様子。

「わからない。日葵が手紙を読むまではいたはずだが……」

最後に新郎の父親から、感謝のスピーチが予定されている。それなのに社長は一体どこへ行っちゃったの？

これでは披露宴を終えられない。どうしようかと途方に暮れていた時、会場の電気が消え、真っ暗になった。

「え、何？」

「どうしたんだ？」

騒がしくなる会場内。もしかして、急な停電か何かだろうか。

そんな心配が頭をよぎった時、ドアの前の一ヵ所にだけスポットライトが当たった。

眩《まぶ》しさに目を細めるものの、目に飛び込んできた光景に目が点になる。

「嘘でしょ」

まさかの光景に口をあんぐりさせる私の隣で、廉二郎さんは頭を抱え込む。

さっきまでモーニングをカッコよく着こなしていたのに、いつの間に着替えたのやら。今の社長はタオルを頭に巻き、上下もんぺ姿。黒の鼻当てをつけて頬は真っ赤に染まっている。

そして手にざるを持ち、呆然としている招待客の前で、音楽に合わせてそれはもう楽しそうにどじょうすくい踊りを始めた。

愉快なメロディーとともに踊る、社長の姿に会場内は一気に笑いに包まれる。

社長……以前お話ししていたのは、冗談ではなく本気だったのですね。

手紙を読み終え、感動的な雰囲気のまま終わる披露宴が多い中、私たちの場合は爆笑の渦の中、幕を閉じた。


「どうにか無事に終わってホッとしたな」

「……はい」

披露宴後、二次会、三次会と参加してホテルに戻ってきたのは日付が変わってからだった。ふたりで並んでソファに腰掛け、ひと息ついたあと、どちらからともなく顔を見合わせ、声をあげて笑ってしまった。

「もう父さんには参ったな」

「本当に。一時はどうなるかと思いましたけど」

最後の最後にどじょうすくいを披露した社長に、私と廉二郎さんは頭の中が真っ白になったけれど、全員に大ウケ。特に社長クラスの大物招待客に。

どうやら社長の言う通り、変わり者が多いようだ。

「でも、完璧などじょうすくいじゃなかったか？　父さん、練習したんだろうな。しかし、ひとりで家で練習しているところを想像すると笑える」

ククククッと喉元を鳴らす廉二郎さん。

確かに社長がひとりで練習しているところを想像すると、シュールで笑えちゃう。

「でも社長なりに、私たちの結婚式を盛り上げようと、奮闘してくださったんだと思いますよ」

「そうか？　俺には自分がやりたくてやっただけとしか思えないが」

そんな話をしながら身を寄せ合い、今日の結婚式の話に花を咲かせていく。

「でも、一生思い出に残る結婚式になったな」

「それはもう」

たくさんの人に祝福され、感謝の思いを伝えられた一生忘れられない一日になった。

すると、彼は私の身体を抱き寄せた。

「無事に結婚式が終わったし、明日からの新婚旅行、楽しんでこよう」

「そうですね、楽しみです」

廉二郎さんに体重を預け、彼の温もりに包まれる。

「なぁ、日葵……」

そう言うと彼は私の身体を離し、まっすぐに見つめてくる。

「なんでしょうか？」

私も彼と向き合うと、廉二郎さんはとびっきり甘い顔で言った。

「俺たち、今日から夫婦だけど、お互い初心者だろ？　きっとこれまで以上にいろいろあると思う。でもそのたびにしっかり向き合い、話し合って本物の夫婦になっていこう」

「廉二郎さん……」

そうだよね、私たちはお互い恋愛初心者だった。そして結婚するまで本当にいろいろあったから。

結婚はゴールではないはず。夫婦になって親になって……新しい初めてがこれからたくさん待っているんだ。

「はい、ふたりで乗り越えていきましょう。廉二郎さんと人生の初めてをたくさん経験できる未来が楽しみです」

素直な想いを伝えると、彼は目を見開いたあと、顔をクシャッとさせて笑った。そして苦しいほど私の身体を抱きしめると、私の耳元に顔を寄せて囁いた。

「俺も楽しみだ」と——。

廉二郎さん、時には失敗したり間違えたりするかもしれませんが、これからふたりで一歩ずつ夫婦になり、親になっていきましょう。

きっとふたりでなら、楽しくて幸せな未来が待っているはずですから。

特別書き下ろし番外編

『正しい家族計画のススメ』

ワックスで磨かれた廊下を、ヒールのないパンプスで進んでいく。その間、頭の中はこれからやるべき仕事のことでいっぱい。

まずは何から片づけると効率的か、計画を立てながらエレベーターホールで到着を待っていると、声をかけられた。

「お疲れさまです、ちょうどよかった。今、秘書課へ行こうと思っていたんです」

相手は経理課の男性社員。封筒片手に駆け寄ってきた。

「これを社長にお願いします」

「かしこまりました」

しっかりと彼から封筒を受け取ると、ちょうどエレベーターが到着し、ドアが開いた。そこには社長室にいるはずの社長の姿があり、私が封筒を受け取ったところを見るや否や、目くじらを立てて男性社員に詰め寄った。

「キミ！　ダメじゃないか、彼女に荷物を持たせるなんて！」

「えっ……えっ？」

普段の落ち着いた雰囲気の社長とは一変、きっと初めて見るであろう社長の姿に、男性社員は鳩が豆鉄砲を食ったような顔をして、ひたすら驚いている。

そうですよね、びっくりしますよね。今の社長は普段の温厚でダンディな姿ではないのだから。

「これは私が持とう」

素早く私の手から封筒を受け取ると、男性社員を指差した。

「いいかね、キミ。今後、彼女に用事があるなら私を通しなさい」

それでは立場が逆になってしまうあり得ない発言にギョッとし、慌てて間に割って入った。

「社長、何をおっしゃっているのですか。彼は社長に提出する書類を私に渡されただけです。何より封筒など荷物のひとつに入りません」

「荷物に入る。私は心配なんだ。キミにもしものことがあったら、廉二郎に顔向けできないだろう?」

たった数グラムでなんてオーバーな。頭が痛くなるも、オロオロしている男性社員の存在を思い出し、慌ててフォローに入る。

「申し訳ございません、社長は私の身体を心配してくださっておりまして……。どうか先ほど見たことは、ご内密にお願いいたします」

社長のトップシークレットの姿が、全社員に知れ渡ってしまったら大変だ。威厳も何もかも失ってしまう。

口外しないようお願いをすると、男性社員はハッとし、社長に大きく頭を下げた。

「も、申し訳ありませんでした！　決して口外はいたしませんから‼」

そう言うと、慌てた様子で去っていく男性社員に、こちらこそ大変申し訳ないことをしたと悩まされる。社長の秘密を知ってしまったと、気に病んでいるかもしれない。

後ほど改めて謝り、彼が見た社長の姿は心の中にとどめておいてもらおう。

そう考えている私の気持ちなどつゆ知らず、社長は私を見てハラハラしている。

「なかなか戻ってこないから、心配で様子を見に来てしまったよ。お腹の中の可愛いお孫ちゃんは、元気ですかー？」

社長ってば、屈んで私のお腹に声をかけるものだから、咄嗟に社長の腕をつかみ、急いでエレベーターに乗り込んだ。

「こら、そんなに慌てたら危ないじゃないか！　転んだらどうするんだ」

ドアがしまったのを確認し、私は頭が痛くなりながらも社長に刺々しい声で伝えた。

「社長、どうか今が勤務中で、ここが会社だということをお忘れにならないでください。それにご心配なさらずに。無理のない範囲でお仕事させていただいておりますので、これ以上のお気遣いはご無用でございます」

きっぱり伝えたものの、社長は不服顔。

「だって仕方ないだろう？　私にとっては待ちに待った初孫なんだ。もう今から抱けるのが楽しみで楽しみで……。元気に早く生まれてきてくださいねー」

再び屈んでお腹に話しかける社長の姿に、深いため息が漏れてしまった。

妊娠が発覚したのは、今から三ヵ月前。

つわりがあり、仕事をセーブせざるを得なかったけれど、今は安定期に入り、無理のない範囲で仕事をさせてもらえている。

同僚には気遣ってもらい、申し訳なく思っているのに、社長の過保護ぶりを発揮されたら、ますます皆に迷惑をかけてしまう。

社長室がある十階のボタンを押すと、エレベーターは上昇していく。

「社長、お渡ししておりました書類に目を通され、サインをしていただけましたか？」

社長室を出る前にお願いした仕事の進行状況を確認すると、社長はあからさまに視線を逸らした。

「いや、キミと孫のことが心配で仕事が手につかなくてね」

「私が席を外していたのは、たった十五分ほどだったはずですが？」

十階に着き、先に降りた社長のあとを追いながら、ついきつい口調になってしまう。

「私のことをご心配いただけるのは、大変ありがたく思っておりますが、どうかお仕事に支障をきたさない範囲でお願いできますでしょうか？」

「うーん……それはちょっと難しいお願いかな」

「いいえ、決して難しいお願いではございません」

相変わらずなやり取りをしながら社長室に入ると、宣言通り社長のデスクの書類は手つかずの状態だった。

各部署から、早くサインをくださいと言われているのに……。ガックリうなだれる私の前で、社長はデスクの引き出しから、いそいそと何かを取り出した。

不思議に眺めていると、社長は手にした物を満面の笑みで私に差し出した。

「これをキミに渡したくてね」

「これは……」

「水天宮《すいてんぐう》のお守りだ。安産で有名なところなんだよ」

すかさず得気げに言う社長に、クラッとなる。

「社長のお気持ちは大変嬉しいのですが、もう何個目ですか？」

実は社長に安産のお守りをもらうのは、これが初めてではない。休日や出張のたびに全国の神社巡りをし、社長は安産のお守りを買ってくる。気持ちは本当に嬉しいけれど、お守りはひとつで充分だ。

「こういった物は、たくさんあったほうがいいだろう？　さてさて、今週末はどこの神社を巡ろうか」

ホクホク顔でガイドブックを引っ張り出した社長に、すぐさま言った。「お願いですから、仕事をなさってください」と。


「え、父さんまた神社に行ってきたのか？」

「そうなんですよ。見てください、このお守りの数を」

この日の夜、夕食のあとソファに並んで座り寛いでいると、自然と話は社長……お義父さんのことになる。

私の手の中にあるお守りの数を見て、廉二郎さんは苦笑いした。

「これ、もう父さんの趣味になっているな。神社巡りするのハマったのかもしれない」

「正直、私もそう思います」

実は以前、見ちゃったんだよね。社長のデスクの引き出しに、御朱印帳《ごしゅいんちょう》が大切にしまってあるのを。

「父さんには日葵の体調は安定しているし、そんなに心配することないって言っているんだけど、ダメみたいだな」

「日に日に過保護になっている気がします。今日なんて、社内でお腹の子に向けて話しかけてきたんですよ？　誰にも見られなかったからよかったですが」

思わず頭を抱え込む私を見て、なぜか廉二郎さんはクスクスと笑いだした。

その姿にムッとする。

「もう廉二郎さん、笑い事じゃないですよ。私は本気で困っているんですから」

つい廉二郎さんに当たると、彼は笑いをこらえながら「悪い悪い」と言い、そっと私の身体を抱き寄せた。

「でも許してやって。父さん、日葵のことが心配で仕方ないんだよ」

「それは……ありがたいと思っていますが、度がすぎます」

彼に体重を預けながら反論すると、廉二郎さんは子供をあやすように、私の髪を優しく撫でた。

こうされちゃうと、不思議と怒りは収まっていく。

「俺からもう一度よく話しておくよ。でないと、日葵のストレスがたまってお腹の子によくないと言えば、きっと大丈夫さ」

廉二郎さんにそう言われた時のお義父さんの姿が脳裏に浮かび、笑ってしまった。

「そうかもしれません」

「だろ？」

顔を見合わせて笑い、お互いの温もりを確かめるようにピタリと寄り添う。

その間、彼は愛しそうに私のお腹を撫でた。

「今度の休日、この子の物を買いに行こうか」

「え、早すぎじゃないですか？」

「そうか？　買う物はたくさんあるだろ？　少しずつふたりで選んで揃えていきたいし、買いに行こう」

嬉しそうに顔を綻ばせながら話す彼に、幸せな気持ちで満たされていく。

生まれてくる赤ちゃんの物をふたりで買いに行くことを想像すると、楽しみで仕方ない。

「さて、明日も仕事だし、そろそろ風呂に入って寝るか」

「そうですね」

立ち上がってお風呂のスイッチを入れに行こうとしたけれど、彼に止められた。

「日葵はいいから。言っただろ？　家のことは俺がやるからって」

「でも……」

「いいから」

そう言うと、彼は給湯スイッチを入れに行った。

妊娠がわかってからというもの、廉二郎さんは仕事で遅くならない限り、私に代わって家のことをしてくれている。日中働いている分、家ではゆっくりするように言われ、ちょっとしたことでもなかなかやらせてくれない。

こういうところ、お義父さんと似ていてつくづく親子だなって思うと、おかしくてつい笑ってしまった。


「え……双子、ですか？」

数日後の定期検診で医師から告げられた思いも寄らない話に、つき添ってもらったお母さんと驚き固まってしまう。

「はい、一卵性でエコーでも重なっていて発見が遅れてしまいましたが、間違いなく双子ですよ、おめでとうございます」

嘘、ひとりでも授かれて嬉しかったのに双子だなんて……。

「よかったわね、日葵。母子手帳をまた申請しに行かないと。きっと廉二郎さんも喜ぶわ。早く報告しないと」

「う、うん」

病院をあとにし、タクシーを待つ間、お母さんは電話で嬉しそうにお父さんに報告している。

けれど私は、まだなんだか実感が湧かない。

でも自分のお腹の中に、廉二郎さんとの子供がふたりもいるんだ。お腹を撫でているとじわじわと実感できて、胸がいっぱいになる。

すごい、どうしよう嬉しい！　廉二郎さん、なんて言うかな。きっと驚くよね。でもそれ以上に喜んでくれるはず。

その後、お母さんと市役所に向かい、もうひとり分の母子手帳をもらって自宅マンションまで送り届けてもらった。

ソワソワしながら、廉二郎さんが帰ってくるまでの間に夕食の準備を進めていると、玄関の鍵を開ける音が聞こえてきた。

「帰ってきた」

火を止めてキッチンを出ると、廊下に繋がっているドアが開いた。

「ただいま、日葵」

「お邪魔するよ、日葵くん」

廉二郎さんとともに帰ってきたのは、なぜかお義父さん。

突然の訪問にびっくりしてしまう。

「え、お義父さん？　どうして……？」

目を瞬かせる私に対し、お義父さんは目をキラキラさせた。

「ほら、今日は定期検診だっただろう？　可愛い孫の、最新のエコー写真をいち早く拝みたくてね」

「そうだったんですか……」

お義父さんらしい訪問理由に、乾いた笑い声が漏れる。でもちょうどよかったかも。

廉二郎さんとお義父さんに、同時に双子のことを報告できるし。

「では、お義父さんの分もご用意いたしますね」

再び料理に取りかかろうとすると、廉二郎さんが慌ててキッチンへ入ってきた。

「日葵、いつも料理は俺が作るからと言っているだろ？」

「でも今日は私、仕事ではありませんでしたし」

「いいから日葵は休んでいて」

そして、キッチンから追い出されてしまった。

ジャケットを脱ぎ、エプロンをつけて慣れた手つきで料理を作り始めた廉二郎さんを、お義父さんは微笑ましそうに眺めている。

ここは申し訳ないけれど、廉二郎さんに甘えてしまおう。

この日の夜、お義父さんは廉二郎さんの手料理を嬉しそうにすべて完食した。

そして……。

「え……双子って本当か？」

「……はい」

夕食後、テーブルの上に母子手帳を二冊並べて、目の前に並んで座っているふたりに報告する。

廉二郎さんは目を皿のように丸くさせた。でも次の瞬間、まるで少年のように無邪気に笑う。

「うわ、すごいな日葵、ありがとう！」

いつになく興奮する廉二郎さんの隣で、同じように喜びを爆発させると思っていたお義父さんは涙ぐんでいた。

「え、お義父さん？」

「どうしたんだよ、父さん」

思いがけない姿に、私と廉二郎さんが慌てる中、お義父さんは涙を拭った。

「すまない、まさか孫を一気にふたりも抱けるとは、夢にも思わなかったからつい。……よかったな、廉二郎。家族が増えて」

「父さん……」

お義父さんは隣に座っている廉二郎さんの背中を、力強く撫でた。

「幸せな家庭を築いていきなさい」

「何言ってるんだよ、父さんも一緒にだろ？」

廉二郎さんの話に、お義父さんは目を剥いた。

すると廉二郎さんは顔を赤く染め、ぶっきらぼうに言う。

「父さんも大切な家族だから。双子なら日葵も大変だろうし、協力してくれ。……家族として」

「廉二郎……」

ふたりのやり取りに目頭が熱くなる。でも廉二郎さんの言う通り、お義父さんも大切な家族の一員だ。

双子を授かることができて幸せだけれど、不安がないかといったら嘘になる。きっと家族の協力なしには、育てることはできないと思うから。

「そうですよ、お義父さん。頼りにしていますから」

「日葵くん……」

私と廉二郎さんに言われ、再び涙するお義父さんに、彼とふたり笑ってしまった。

きっと家族が増えたら、幸せなことばかりではないと思う。大変なことや迷うこともあるはず。

その時はお義父さんや両親、兄弟たちとともに乗り越えていけばいいんだ。

数日後、双子のために洋服などを見に行った際、ついてきたお義父さんと廉二郎さんは、私以上に真剣に選んでいた。

その姿が微笑ましくて愛しくて、幸せな気持ちになると、お腹の中の子も『幸せだね』というようにお腹を蹴った。

そんな、愛しい我が子たちがいるお腹を撫でながら願った。

私たち家族を幸せにするために、早く元気に生まれてきてねと――。

END

あとがき

　このたびは『うぶ婚～一途な副社長からの溺愛がとまりません～』をお手に取ってくださり、ありがとうございました。

　お互いが本当の〝好き〟を知らない恋愛初心者。長女ゆえ、しっかり者の日葵と不器用な廉二郎の恋物語、少しでもお楽しみいただけましたでしょうか？

　告白やデート、付き合いはじめｅｔｃ……。恋愛すると、いろいろな初めてがありますよね。初々しいふたりを書くのが楽しくて、一週間ほどで書き上げられたほど、ノリノリで書いた作品でした。

　片想いしていた頃は、両想いになれたらそこがゴールだと思っていましたが、恋愛にゴールはないんじゃないかなと思います。

　日葵じゃありませんが、好きな人が悩んだり困ったりしている時、自分はどうするべきなのかなんてわかりません。だからこそ、喧嘩をしながらお互いのことを知っていき、絆を深めていけるのだと信じたいです。

　これからもきっと、日葵と廉二郎はお互い成長しながら仲良く幸せに暮らしていくんだと思います。大好きな家族とともに。

作品を通して、誰もがきっと経験した甘酸っぱい初恋を思い出していただけましたら幸いです。


長きに渡り、担当してくださった説話社の額田様。今作まで大変お世話になりました。ありがとうございました！　そして本作よりお世話になった加藤様、変わらずご担当いただいた三好様、スターツ出版の皆様。編集に携わってくださった皆様。

イメージ通りのふたりを描いてくださった乙嶋アフロ様。そして何より作品を読んでくださった読者の皆様、本当に本当に、ありがとうございました！

今作でベリーズ文庫、十作目となりました。たくさんの作品を出版させていただけて本当に幸せです。ありがとうございます。

これからも初心忘るべからず、マイペースに大好きな恋愛小説を執筆しながら、日々、精進していきたいと思います。

またこのような素敵な機会を通して、皆様とお会いできることを願って……。

田崎《たさき》くるみ

田崎くるみ先生への
ファンレターのあて先

〒104-0031
東京都中央区京橋1-3-1
八重洲口大栄ビル7F
スターツ出版株式会社　書籍編集部　気付

田崎くるみ先生

本書へのご意見をお聞かせください

お買い上げいただき、ありがとうございます。
今後の編集の参考にさせていただきますので、
アンケートにお答えいただければ幸いです。

下記URLまたはQRコードから
アンケートページへお入りください。
http://www.berrys-cafe.jp/static/etc/bb

ベリーズ文庫

うぶ婚

～一途な副社長からの溺愛がとまりません～

2018年10月10日　初版第1刷発行

著　者　田崎くるみ

発行人　松島 滋
デザイン　カバー　菅野涼子（説話社）
　フォーマット　hive & co.,ltd.
校　正　株式会社　文字工房燦光
編　集　加藤ゆりの　額田百合　三好技知（すべて説話社）
発行所　スターツ出版株式会社
〒104-0031
東京都中央区京橋1-3-1　八重洲口大栄ビル7F
TEL　販売部　03-6202-0386（ご注文等に関するお問い合わせ）
URL　http://starts-pub.jp/
印刷所　大日本印刷株式会社

Printed in Japan

乱丁・落丁などの不良品はお取替えいたします。
上記販売部までお問い合わせください。
定価はカバーに記載されています。

ISBN 978-4-8137-0543-7　C0193

ベリーズ文庫 2018年10月発売

『極甘同居～クールな御曹司に独占されました～』 白石《しらいし》さよ・著

メーカー勤務の柚希はある日、通勤中のケガを助けてくれた御曹司の高梨の高級マンションで介抱されることに。彼は政略結婚相手を遠ざけたい意図から「期間限定で同棲してほしい」と言い、柚希を家に帰そうとしない。その後、なぜか優しくされ、「我慢してたが、お前がずっと欲しかった」と甘く迫られて…!?

ISBN 978-4-8137-0542-0／定価：本体640円＋税

『うぶ婚～一途な副社長からの溺愛がとまりません～』 田崎《たさき》くるみ・著

OLの日葵は勤務先のイケメン副社長、廉二郎から突然告白される。恋愛経験ゼロの彼女は戸惑いつつも、強引に押し切られてお試しで付き合うことに。クールで皆から恐れられている廉二郎の素顔は、超"溺甘彼氏"!?　優しく抱擁してきたり「今夜は帰したくない」と熱い眼差しを向けてきたりする彼に、日葵はドキドキさせられっぱなしで…?

ISBN 978-4-8137-0543-7／定価：本体650円＋税

『契約妻ですが、とろとろに愛されてます』 若菜《わかな》モモ・著

OLの柚葉は、親会社の若きエリート副社長・琉聖に、自分と偽装婚約をするよう突然言い渡される。一度は断るも、ある事情から、その契約を条件つきで受けることに。偽りのはずが最高級の婚約指輪を用意され、「何も心配せず甘えてくれ」と、甘い言葉を囁かれっぱなしの超過保護な生活が始まって…!?

ISBN 978-4-8137-0544-4／定価：本体650円＋税

『御曹司と婚前同居、はじめます』 花木《はなき》きな・著

平凡女子の美和は、ある日親の差し金で、住み込みで怪我をしたイケメン御曹司・瑛真の世話をすることに。しかも瑛真は許婚で、結婚を前提とした婚前同居だというのだ。最初は戸惑うが、イジワルに迫ったかと思えば執拗に可愛がる瑛真に、美和はタジタジ。日を増すごとにその溺愛は加速するばかりで…!?

ISBN 978-4-8137-0545-1／定価：本体630円＋税

『仮初めマリッジ～イジワル社長が逃してくれません～』 雪永千冬《ゆきながちふゆ》・著

モデルを目指す結衣は、高級ホテルのブライダルモデルに抜擢！　チャンスをものにしようと意気込むも、ホテル御曹司の常盤に色気がないとダメ出しされる。「恋の表現力を身に着けるため」と強引に期間限定の恋人にされ、同居することに!?　24時間体制の甘いレッスンに翻弄される日々が始まって…。

ISBN 978-4-8137-0546-8／定価：本体640円＋税

タイトル、価格等は変更になることがございますのでご了承ください。